삶은 그냥
견디는 것이다

삶은 그냥 견디는 것이다

발행일   2024년 2월 7일

지은이   류재준
펴낸이   손형국
펴낸곳   (주)북랩
편집인   선일영   편집   김은수, 배진용, 김다빈, 김부경
디자인   이현수, 김민하, 임진형, 안유경, 신혜림   제작   박기성, 구성우, 이창영, 배상진
마케팅   김회란, 박진관
출판등록 2004. 12. 1(제2012-000051호)
주소   서울특별시 금천구 가산디지털 1로 168, 우림라이온스밸리 B동 B113~114호, C동 B101호
홈페이지 www.book.co.kr
전화번호 (02)2026-5777   팩스   (02)3159-9637

ISBN   979-11-93716-64-9 03810(종이책)   979-11-93716-65-6 05810 (전자책)

(주)북랩 성공출판의 파트너
북랩 홈페이지와 패밀리 사이트에서 다양한 출판 솔루션을 만나 보세요!
홈페이지 book.co.kr • **블로그** blog.naver.com/essaybook • **출판문의** book@book.co.kr

작가 연락처 문의 ▸ ask.book.co.kr
작가 연락처는 개인정보이므로 북랩에서 알려드릴 수 없습니다.

지난날의 고난과 역경은 인생 2막을 위한 밑거름이 될 것이다!

삶은
그냥

견디는 것이다

류재준 지음

북랩

제3장. 나답게 살아야 한다

제4장. 도시의 낭만과 그림자

작가의 말

　우리의 인생은 변화무쌍하다. 늘 밝음과 어둠이 공존하듯이 앞날을 헤아릴 수 없다. 7월의 무더위가 기승을 부리더니 잠시 머뭇거린다. 그 사이 8월의 태풍과 장맛비가 세차게 몰이친다. 천둥소리에 놀라 깨어보니 아직 어둠이 짙은 새벽녘이다. 매년 어김없이 이맘때쯤이면 하늘에서는 커다란 물줄기를 하염없이 쏟아낸다. 묵은 마음의 찌꺼기가 씻겨 나가길 기대하지만 부질없는 생각이다. 봄, 여름, 가을, 겨울은 반복하면서 색다른 얼굴로 다가온다. 우리가 마주하는 세월은 한번 가면 되돌릴 수 없지만 계절은 정해진 운명처럼 반복과 순환을 거듭한다. 절대 오지 않을 것 같은 봄도 겨울이 가면 어김없이 찾아온다.

　괜히 나 자신을 탓하고 자괴감에 빠져서 흐느적거리면서 길을 잃은 적이 있다. 전혀 그럴 필요가 없었는데 자책이 심했다. 별 상처도 아닌데 너무 마음 아파했다. 거센 폭풍우와 비바람이 나한테만 모질게 오는 것이 아니다. 누구에게나 공평하게 인생의 섭리를 보여준다. 세찬 비바람도 잠시 후면 잦아들 것이다. 어둠은 늘 어둠만 계속되는 것이 아니다. 짙은 어둠을 이겨내야 비로소 환한 빛을 볼 수 있다. 자연 속에서 건너뛰기와 생략이 존재하지 않는다. 일련의 과정, 긴 기다림, 깊은 숙성의 시간이 필요하다. 쉬운 인생은 별 감흥이 없다. 우여곡절과 평지풍파 속에서 주름이 점점 늘어나고 깊어지고 하면서 나름대로 익어가는 것이다. 아직 꽃을 피우지 못했다고 좌절할 필요가 없다.

여러 해가 가는 동안 뭔가 해야 한다는 강박관념에 빠져서 정작 실행에 옮기지 못하고 무기력하게 흘러 보냈다. 그런 인생의 분주한 틈바구니 속에서 나만의 쉼표를 만들고 싶었다. 나의 눈으로 보고, 나의 귀로 듣고, 나의 감정으로 느낀 삶과 자연을 그려보고 싶었다. 오롯이 내 생각을 정리하고 싶었다. 피동적 감정에서 벗어나 주체적으로 살고 싶었다.

단순히 기쁨, 노여움, 슬픔, 즐거움만으로 표현할 수 없는 소중한 날들이 나를 스치고 지나갔다. 시작은 그저 하루지만 나날들에 담긴 무수한 사연들이 모여서 나의 모습이 되고 그림자가 되었다. 지나온 흔적에 대한 후회나 슬픔일지라도 있는 그대로 보여주고 싶었다.

붙잡을 수 없는 계절이 지나가고 세월이 흘러가고 있다. 나 역시 중년의 고개를 거친 숨을 내뱉으며 간신히 넘어가고 있다. 중년의 무게를 건디는 것이 그리 수월하지 않은 것 같다. 주말이면 무등산을 오르면서 마음 비우기를 시도하지만 생각보다 쉽지 않다. 가파른 산길에서는 거친 생각들이 잠시 사그라들지만 평지에 올라서면 어김없이 무거운 생각들이 어깨를 짓누른다. 비운다는 것은 애써 비워야 한다는 마음들이 뒤섞여서 나를 더욱 버겁게 만든다. 이제는 내려놓아야 한다는 마음조차 하지 말아야지 다짐한다.

유년시절, 학창시절, 직장생활이 부지불식간에 흘러갔다. 그러는 동안 꿈, 희망, 목표가 메말라 갔다. 먼 기억의 저편에 무기력하게 웅크리고 앉아 있었다. 중년의 스산함이 나의 옛 기억을 다시 불러낸다. 애잔한 기억들을 하나씩 재생하여 퍼즐 조각 맞추듯 이어 붙이고 있다. 글을 쓰면서 서글픈 마음과 진한 그리움에 북받쳐 울기도 했다. 나는 늘 만족하지 못하고 허우적댔다. 이러한 연유로 나 자신을 사랑하지 못하고 나를 힘들게 했다. 지나고 보니 모든 것이 마음먹기에 달렸다는 것을 알았다. 삶은 매 순간 경이로운 기적이다. 어느 한 가닥 버릴 것 없는 나의 소중한 시간들이다.

글을 쓰면서 뭔가 고상한 뜻과 의미를 담고자 한 것은 아니다. 무슨 대단한 사람도 아니고 다만 평범한 이야기를 통해서 우리 세대의 삶을 조금이라도 이해하고 공감하는 데 도움이 되었으면 좋겠다. 다양한 주제의 글을 다루고 있다. 삶의 흔적과 더불어 자연, 사회, 철학, 정치, 지역의 담론이 등장하기도 한다. 도시정책과 지역개발은 내가 업으로 삼고 있는 터라 이런저런 넋두리를 늘어놓았다. 정치적 내용이 다소 무겁게 느껴지더라도, 내 세대에게는 일종의 지문 같은 것이니, 너른 마음으로 헤아려 주기 바란다. 그게 지금의 내 생각이나 모습이니 어쩌겠는가. 그 밖의 글은 내 속살을 숨김없이 내보인 내용이다. 좀 부족하고 부끄럽지만 나도, 당신도, 누구나 어설픈 인생은 없다고 믿는다.

부모님은 나를 세상으로 이끈 은혜로운 분들이다. 험난한 코로나 시절의 탓으로 인해 자식의 도리를 다하지 못한 송구함이 가슴속에 맺혀 있다. 부모님이 안 계신 나날은 짙은 어둠이었다. 더는 나를 무한히 지지하고 응원해 주는 사람이 없다는 사실은 나를 거대한 두려움과 외로움으로 몰아넣었다. 철든다는 게 얼마나 무거운 용기와 책임이 필요한지 비로소 알게 되었다. 부모님에 대한 기억은 온통 그리움뿐이다. 이 책을 빌려서 하늘나라 빛나는 별이 되신 아버지와 어머니께 사랑한다고 전하고 싶다.

제1장

그리움으로 물들다

시골 소년의 놀이터

　여름방학이 되면 시골 마을 아이들의 노는 소리로 왁자지껄했다. 농촌 마을에는 어디 변변한 놀이터가 따로 없었다. 마을 외곽에 오래된 묘지가 군데군데 있는 낮은 구릉지가 있었다. 남자아이들은 주로 거기에 모여서 축구를 했다. 축구공이 워낙 귀하던 때라서 멀쩡한 축구공을 보기 힘들었다. 바람 빠진 낡은 공이나 터진 공에 지푸라기나 천 조각을 가득 집어넣어서 축구를 했다.

　그러다가 초등학교 6학년 무렵 구릉지에 일대 변화가 일어났다. 그즈음 프로야구가 출범했다. 텔레비전에서 프로야구를 중계하면서 아이들 사이에 야구 붐이 세차게 불었다. 우리는 당연히 호남을 연고지로 한 해태 타이거즈를 응원했다. 저마다 용돈을 악착같이 모아 브라보콘을 사러 구멍가게로 뛰어가고는 했다. 브라보콘은 해태를 상징하는 아이스크림이었고, 무엇보다 프로야구 선수들의 프로필이나 성적이 담긴 스티커 사진이 들어 있었다. 우리 마을에도 야구 바람이 불었다. 낡은 테니스공, 정구공, 고무공 가리지 않고 가지고 야구를 했다. 야구 방망이는 솜씨 좋은 형들이 나무를 깎아서 만들고, 글러브는 비료 포대를 접어서 만들었다. 어설프게 만든 글러브는 나름 쓸 만했고 공을 잡는 데 그다지 불편하지 않았다.

물론 우리는 축구와 야구를 두고 무엇을 할지 다투지 않았다. 시간은 우리 편이었고, 오전에는 축구, 오후에는 야구를 하면 그만이었다. 경기 종목이 늘어났으니 그만큼 오랫동안 다양하게 놀 수 있었다. 경기가 시작되면 늘 크고 작은 다툼이 일었다. 골대도 없고 펜스도 없고 심판도 없다 보니, "골이다", "노골이다", "홈런이다", "파울이다"하며 서로 목소리를 높였다. 목에 핏대를 세우며 으르렁댔지만, 우리는 대체로 협상의 기술을 발휘하며 적당한 선에서 합의점을 찾았다.

물론 때때로 싸움이 과열되어 주먹다짐도 하고, 감정이 상해서 눈물을 훔치는 애들도 있었다. 하지만 아이들은 얼마 지나지 않아 언제 그랬냐는 듯 다시 경기장에 모여 깔깔대며 경기를 이어갔다.

동네 형들이랑 해 질 녘까지 축구와 야구를 하다 보면 얼굴과 온몸이 땀으로 범벅이 되었다. 한낮 땡볕에 운동했으니 피부는 빨갛게 익으면서 벗겨져 따끔하고 따가워서 힘들었다. 그럼에도 다음날이면 또다시 삼삼오오 모여들었다. 덕분에 방학 내내 구릉지 묘역은 아이들의 고함과 웃음으로 가득했다.

여름방학은 끝이 없었다. 어린 시절에 시간은 아주 천천히 흘렀다. 구릉지 묘역에서 축구와 야구로 녹초가 되도록 뛰어놀고도 해는 중천에 머물러 있었다. 그럴 때 우리는 또 다른 놀이터를 찾아 나섰다.

그 가운데 하나가 마을에서 제법 떨어진 동구 밖 뒷산의 '묏골'이었다. 묏골은 이름 그대로 묘들이 자리 잡은 골짜기이다. 대낮에도 분위기가 을씨년스럽고 으스스해서 혼자서는 가지 못하고, 항상 동네 형들을 따라서 가야 했다. 검푸른 저수지를 에둘러 돌아 깊은 숲길을 한참 올라가야 했다. 숨이 헉헉 차오를 즈음에 상수리나무 군락지가 나오고, 그 사이로 크고 작은 묘들이 희미하게 모습을 드러냈다.

이 어두컴컴하고 음산한 곳에 형들을 따라 굳이 찾아간 이유는 바로 곤충 때문이었다. 상수리나무에는 수많은 곤충이 터를 잡고 살아간다. 특히 우리에게 인기가 많았던 사슴벌레는 상수리나무의 옹두리 부근에 주로 서식했다. 턱이 집게처럼 생겼다고 생각해서, 우리는 '찝게벌레'라고 불렀다. 나중에야 그게 사슴벌레라는 어엿하고 멋진 이름을 가지고 있다는 사실을 알았다. 윤기 나는 검은 갑옷을 두르고 사슴뿔 같은 집게(턱)를 활짝 펼치고 움직이는 모습은 언제 봐도 멋지고 늠름했다. 상수리나무 옹두리에서는 진액이 흘러나왔고, 사슴벌레는 그걸 주식으로 먹었다. 사슴벌레를 잡으면 작은 나뭇가지를 집게에 물리거나, 서로 싸움을 붙이며 놀았다.

풍뎅이는 사슴벌레보다 개체 수도 많았고 잡기가 수월했다. 사슴벌레를 못 잡는 날에는 풍뎅이를 잡아서 풍뎅이 다리를 떼어낸 다음 땅바닥에 놓으면, 풍뎅이는 날지 못하고 제자리를 맴돌았다. 우리는 누구의 풍뎅이가 오랫동안 도는지 시합했다.

아이들 사이에서 최고로 인기 높은 곤충은 뽕나무하늘소였다. 우리들은 '뽕나무찝게'라고 불렀다. 뽕나무하늘소는 긴 채찍 모양의 더듬이를 드리우고, 늘씬하고 윤기 나는 몸을 뽐냈다.

뽕나무하늘소는 뽕나무 껍질을 갉아 먹고 살았다. 아주 깔끔하고 까칠한 라이프스타일 때문에 찾아내기가 여간 어렵지 않았다. 정말 운 좋게 뽕나무하늘소를 잡으면 애지중지 금이야 옥이야 아끼며 데리고 놀았다. 어설프게 전용 곤충 집을 만들고 먹이를 주면서 기르기도 했다.

여름에는 매미 잡는 재미가 그만이었다. 매미는 집 근처 감나무나 느티나무에 지천으로 널려 있었다. 물론 나무껍질과 똑같은 보호색을 가져서 언뜻 눈에 띄지 않았지만, 노련한 사냥꾼들을 피할 수 없었다. 매미를 잡으면 몸에 실을 매달아서 빙빙 돌리면서 놀거나, 나무에 묶어놓고 가만히 지켜보기도 했다.

돌이켜보면 그 시절 시골 아이들은 순수했지만, 한편으로는 잔인했던 것 같다. 그게 시골 아이들의 몇 안 되는 유희였으며, 굳이 포장하자면 자연을 몸으로 체감하면서 성장하는 과정이었다. 자연 속에서 오감을 열어놓고 곤충과 노는 시간은 야구와 축구만큼이나 재미있었다. 그럼에도 그 시절의 철없는 행위를 미화하거나 면죄부를 줄 수는 없는 노릇이다. 내 손에 목숨을 잃은 곤충들에게 미안한 마음 그지없다.

곤충들은 무려 3억 년 전에 처음 모습을 드러낸 이후 빼어난 생존력으로 살아남았다. 덕분에 지구 동물의 70퍼센트를 차지할 만큼 다양하고 풍성한 개체를 자랑한다. 매미만 해도 그렇다. 매미는 짝짓기가 끝나면 수컷은 바로 죽고, 암컷은 알을 낳고 죽는다. 애벌레는 나무에서 내려와 땅속으로 들어가서 산다. 나무뿌리에 주둥이를 꽂고 수액을 빨아먹으면서 성장한다. 매미의 종에 따라서 땅속에서 짧게는 3년, 길게는 17년 정도 지내다가 땅 위로 올라온다. 그러고는 한 달가량 성충 매미로 살다가 짝짓기를 하고 죽음을 맞이한다.

매미들이 왜 그처럼 오랜 세월을 땅속에서 지내는지 밝혀지지 않았다. 영겁의 세월을 거쳐오면서 그들만의 생존법칙을 습득했으리라. 이 밖에도 곤충은 저마다 놀라운 생존 비법을 가지고 있다. 굳이 멀리 갈 것도 없이, 곤충이 애벌레에서 탈바꿈해서 성충이 되는 과정만으로도, 생명의 경이로움을 느끼기에 충분하다. 하지만 모든 동물이 그렇듯이, 곤충은 인간 때문에 심각한 위기에 빠졌다. 그들은 인간이 만들어낸 환한 불빛과 환경오염에 노출되어 빠르게 사라지고 있다.

지난여름 시골집에 갔더니 매미가 시끌벅적하게 맴맴 울었다. 수컷 매미가 암컷을 향해 보내는 구애의 소리다. 귀에 거슬릴 만큼 시끄럽지만, 매미 소리가 없는 여름은 도무지 상상이 안 된다. 고맙다. 살아 있어 줘서. 얼마 전 오랜만에 묏골을 찾아갔는데, 상수리나무가 모조리 벌목되어 흔적을 찾을 수 없었다. 누가 자연농원으로 개발할 요량인 듯 진입로가 새로이 정비되어 있었다. 그곳에 살던 그 많던 곤충들은 어디로 갔을까?

당신의 이름을 불러봅니다

주인을 잃은 마당귀퉁이의 작은 텃밭과 정원이 온갖 잡풀로 뒤덮여 사람 손길을 기다린다. 어머니, 아버지가 살아 계셨으면 감히 상상도 못 할 풍경이다. 지난 토요일에 아침 일찍 내려가 한나절 넘게 풀과 씨름했다. 지지난 토요일에는 고추모종을 밭에다 옮겨 심었다. 빠릿빠릿한 일머리는 없지만, 형님네 부부랑 힘을 합쳐서 하다 보니 생각보다 빨리 끝낼 수 있었다.

광주 집으로 오기 위해 흙으로 범벅이 된 옷을 갈아입고 서둘러 몸을 씻고 나왔다가, 집주변을 한참 서성거렸다. 참 이상하게도 갈수록 시골집이 어색해지는 느낌이 든다. 예전에는 아무런 생각 없이 내 집처럼 왔다 갔다 했는데 부모님이 없는 시골집은 더 이상 마음이 편하지 않다.

아침 햇살이 대문 앞에 걸려 서성거릴 때 아버지는 늘 허름한 나무의자에 앉아서 우두커니 앞산을 바라보고는 했다. 그 나무의자에 잠시 몸을 기대고 앉았다. 아버지는 그 풍경을 보면서 어떤 생각을 했을까. 쉰 살 하고도 세 살을 더 먹고서야 농부의 아들이었다는 사실을 운명처럼 받아들인다. 아버지, 어머니가 없는 고향은 늘 고독하고 쓸쓸하다.

1932년생 아버지와 1942년생 어머니는 나이 차가 정확히 10살이다. 이 정도 나이 차면 금슬이 좋을 만도 한데, 정반대 성격으로 부부싸움이 잦았다. 부부싸움이 시작되면 무서웠던 나와 여동생은 아래쪽에 살던 당숙모에게 가서 말려달라고 울면서 애원했다. 그런데 어른들은 그다지 신경 쓰지 않는 눈치여서 대충 말리는 시늉만 하고 바로 가버렸다. 어느 때는 대판 큰 싸움으로 번지기도 하고, 어느 때는 언제 싸웠냐는 듯 금방 멈추기도 했다. 싸우고 나서 한동안 두 분은 서로 말씀을 하지 않으셨다.

어머니는 얼굴이 고운 미인이었다. 해남에서 독립운동을 하신 외할아버지가 아주 어릴 때 돌아가신 탓으로 어렵게 살다가 삼도로 시집을 왔단다. 그런데 막상 이곳으로 시집와서 보니까 생각보다 너무 가난해서 놀랐다고 하셨다. 어머니는 당차고 악착같은 성격에 어디를 가나 여장부 소리를 들었다. 아무것도 없는 살림에 자식들을 가르치려고 농사철에는 농사일, 농한기에는 식당일, 공사판을 전전하면서 온갖 궂은일을 다 하셨다. 자식들의 학비와 용돈을 주기 위해서 동네 사람들에게 돈을 빌리러 다니던 짠한 뒷모습이 선하다. 어머니의 강한 생활력과 교육열 덕분에 3형제가 광주에서 고등학교에 다닐 수 있었다. 하지만 그 시절 가난과 여성에 대한 차별 탓에 누나는 제대로 상급학교에 진학하지 못했다. 어머니는 그 일 때문에 두고두고 딸에게 미안한 마음을 내비치셨다.

어머니는 가끔 내가 어릴 적 저수지에 빠져 죽은 줄 알고 통곡하다가 작은 골방에 잠들어 있던 나를 보고 황당해했다는 이야기를 우스갯소리로 꺼내놓으셨다. 그때마다 환하게 웃던 모습이 엊그제 같다. 또 엄마한테 텔레비전 연속극에 나오는 임금을 보고 나도 똑같이 '주상전하'라고 불러달라고 했던 일을 이야기하면서 틈만 나면 나를 놀림감으로 삼기도 했다.

내가 크면 큰 벼슬 하라고 닭벼슬 따로 챙겨주시고, 가족들 생일 때면 건강과 부귀영화 누리라고 불경소리 테이프를 하루 종일 틀어주시고, 엄동설한 강원도 양구 신병훈련소 앞에서 눈물을 왈칵 쏟으셨던 어머니였다. 군대 제대 후 몇 주간 같이 잔디 뗏장 작업을 하던 고된 기억이 지금도 잊히지 않는다.

어머니는 땅바닥에 납작 엎드려 잔디 한 장 한 장을 작은 삽으로 떼어내서 한데 묶었다. 당신도 모르게 앓는 소리가 새 나오는데도 잠시 쉬는 시간도 아까워하셨다. 어머니는 그 억척스러움으로 부산에서 공장 생활을 하다가 병에 걸린 누나를 살리고, 갑작스레 아픈 여동생을 살리고, 자식들 모두를 구해주셨다. 내가 박사학위를 취득했을 때 누구보다 격려해주시고, 마을에 한턱 내고서는 여러 날 기뻐하셨다. 어렵고 뻔한 시골 살림이지만 억척스럽게 평생을 모은 돈으로 논과 밭을 사고, 아담한 전원주택까지 지으셨다.

몸을 사리지 않는 억척스러움 때문이었을까. 어머니는 2014년 봄에 시골집 텃밭에서 일하다 갑자기 쓰러져서, 5월 18일 전남대병원에 입원하셨다. 만성신부전증이었다. 그날부터 전대병원, 보훈병원에서 입원과 퇴원을 반복했다. 설상가상 집에서 빨래하다가 허리가 잘못되어 수술과 긴 재활 과정을 겪었다. 어머니는 오랜 신장 투석에도 불구하고 끝까지 정신을 잃지 않고 강인하게 버텨냈다.

나는 아버지를 오랫동안 미워했다. 지긋지긋한 가난이 아버지의 무능 탓이라고 생각했다. 변변치 않은 농사를 지으면서 공부보다는 일이 먼저라고 생각하시는 아버지가 미웠다. 자식들 학교 진학도 제대로 못 시키면서 술과 노름에 빠져 살았다. 자식들 교육은 오롯이 어머니 몫이었다. 허구한 날 술에 취하고 식구들에게 술주정하고 어머니를 괴롭혔다.

아버지가 술 마신 날이면 나와 동생은 친척 집으로 몸을 피했다. 어머니는 도망치려고 몇 번을 보따리를 쌌는데 차마 어린 자식들을 버리고 떠나지 못했다고 눈물을 흘리면서 말씀하셨다.

대학 입시를 앞둔 어느 날, 나는 아버지한테 크게 야단을 맞았다. 별 대수롭지 않게 성적 이야기를 하다가 그게 꼬투리가 되었다. 아버지는 급기야 공부도 못하는 놈이 돈도 없는데 대학 가려고 한다고 괜히 심술과 억지를 부리셨다. 그날 이후 아버지에 대한 애증은 더 깊어졌고, 나는 되도록 아버지와 깊은 이야기를 나누지 않았다.

무심하고 고달픈 세월이 그렇게 흘러갔다. 어느 해인가 시골집에서 용봉동 학교까지 통학한 적이 있었다. 도서관에서 공부하고 늦은 저녁 문화동 정류장에서 차를 타고 가는데 때마침 대인동에서 아버지가 차에 오르고 있었다. 남루한 작업복을 입고 있는데, 나중에 알고 보니 며칠째 공사판에서 일하셨단다. 아버지 역시 자식들 뒷바라지를 위해 묵묵히 삶의 무게를 견디고 있었던 것이다.

아버지는 말년에 젊은 시절과는 완전히 다른 사람으로 변했다. 특히 어머니가 입원한 이후로는 전혀 다른 사람이 되셨다. 아버지는 아픈 어머니를 지극정성으로 간호했다.

어머니가 어떤 음식이 먹고 싶다고 하면 어디든 가서 음식을 포장해 왔다. 아버지는 제대로 걷지도 못하면서 삼도에서 시내에 있는 전남대병원, 세종요양병원까지 계절과 날씨에 상관없이 매주 서너 번씩을 다녀가곤 했다. 긴 세월 함께했던 아내에 대한 미안함과 못다 한 사랑을 마지막까지 전하고자 하는 마음이 가득했던 것 같다.

나는 어쩔 수 없이 일요일마다 아버지를 차로 모시고 다녔다. 처음에는 너무나 어색해서 서로 말 한마디 하지 않았고, 차 안은 숨 막힐 듯 적막이 흘렀다. 그러다 차츰 말문이 열리면서 늙으신 아버지의 지나온 세월을 어렴풋이 들을 수 있었다. 젊은 시절 6·25 참전과 7년여 군생활의 어려움, 제대 후 시작했던 장사의 실패, 낙향 후 시작된 고된 농사일, 그리고 자식들을 제대로 뒷바라지하지 못한 미안함과 어머니에 대한 속죄의 마음이 가득했다. 그분을 온전히 이해할 수 없었지만, 더 이상 원망하지도 미워하지도 않게 되었다.

　설상가상, 늘 정정하시던 아버지가 갑자기 몸이 안 좋아졌다. 시골 집에 있다가 급작스레 심근경색이 일어났는데, 병원을 가지 않겠다고 고집을 피운 탓에 골든타임을 놓쳐버렸다. 아버지가 입원하고 얼마 후 위급하다는 소식을 듣고 보훈병원에 서둘러 갔는데, 코로나19의 엄중한 상태로 보호자 수속이 늦어진 탓에 임종을 지키지 못했다. 2020년 7월 26일 하늘나라로 떠나셨다. 어느덧 아버지가 서 있던 마을 들녘이 애처롭고 아득하다.

　그때 어머니는 전대병원에 입원한 상태여서 아버지의 부음을 알리지 않았다. 몇 달 후 어머니가 위독하다는 소식을 듣고, 달려갔지만 하필이면 전대병원이 코로나19로 코호트 격리된 상황이어서 보호자가 병실에 들어가는 수속이 지체되었고, 끝내 임종을 지키지 못했다. 어머니는 2021년 10월 10일 하늘나라로 떠나셨다. 이미 눈을 감은 어머니 옆에 있으면서 내가 할 수 있는 일이라고는 손을 잡아주는 것뿐이었다. 하염없이 눈물이 흘러내렸다.

　우리 집 큰애를 데리고 키우면서 즐거워하셨던 모습들, 명절에 식구들끼리 옹기종기 모여 화투 치던 기억들, 며느리와 손잡고 불갑사, 법성포 나들이 갔던 추억들, 그때는 몰랐지만, 엄마와 함께했던 소소한 일상들이 이제는 빛바랜 흑백사진이 되어 슬프게 날아가고 말았다. 너무나 고생하신 어머니를 위해서 좀 더 잘되고 싶었는데, 자랑스러운 아들이 되고 싶었는데 기대에 미치지 못한 것이 죄송스럽다. 돌아가신 어머니 옆에서 오랫동안 눈물을 흘리고 흐느꼈다. 부모님께서는 임실호국원에 나란히 모셔져 있다.

작년까지는 어버이날이 오면 으레 카네이션을 들고 찾아갔는데, 올해는 처음으로 아버지, 어머니가 없는 어버이날을 맞이한다. 깊은 회한이 밀려온다. 학창시절에는 공부를 못해서 부모님의 애간장을 태웠다. 대학 재학 중에는 몰래 휴학하고 서울에서 몇 달간 방황하며 지내기도 했다. 그때마다 어머니는 크게 야단치지 않고 나를 안아줬다. 그 덕분에 나는 대학을 무사히 졸업할 수 있었다. 지금의 내가 있기까지는 부모님의 응원이 절대적이었다.

그렇게 많은 은혜를 받는데도 나는 아무것도 보답하지 못한 것 같다. 나는 부모님에게 어떤 자식이었을까? 지금 와서 후회하면 무슨 소용이 있을까? 내가 더 이상 무슨 말을 할까? 사랑도, 의미도, 까닭도 헤아릴 수 없다. 나는 여전히 아버지 류상렬과 어머니 한순덕의 아들이다. 부모님과의 추억은 내 기억을 온전히 지배하고 있다.

텅 빈 축사 앞에 서서

대학이 한때 상아탑이 아닌 우골탑이라고 불린 적이 있다. 가난한 농촌에서는 소를 팔아 등록금과 학비를 마련할 수밖에 없던 형편을 빗대어 이르는 말이다. 우리 집도 마찬가지였다. 아버지는 한 해도 거르지 않고 소를 키우셨다. 공급과잉으로 솟값이 떨어지고, 전염병이 휩쓸어도 우리 집 축사에는 늘 소들이 있었다. 내가 아주 어릴 적부터 키웠으니까 그 햇수와 마릿수를 헤아리기 어렵다.

초등학교 다닐 때는 들녘에 나가서 쇠꼴을 베는 것이 하루의 마무리였다. 매일 형이랑 리어카를 끌고 가서 저수지 둑방과 논두렁을 다니면서 쇠풀을 베어서 싣고 와야 했다. 어쩌다 식구들 일손이 바빠지면 축사 청소를 내가 도맡는 때도 있었다. 소의 똥·오줌과 짚이 엉켜서 축축하고 묵직하고 지린내가 진동하는 오물을 치우는 일은 아주 곤혹스러웠다. 쇠스랑으로 걷어내고, 삽으로 바닥을 치우고, 막힌 하수구를 손을 집어넣어서 뚫고, 양동이에 물을 담아서 바닥을 닦아내다 보면 입에서 단내가 날 정도였다. 한겨울에 쇠죽 쑤는 일도 만만치 않았다. 가마솥 한가득 소 먹일 풀을 넣고 한참 장작불을 피우면서 가끔 솥뚜껑을 열고 뒤적여줘야 했다. 내가 먹을 것도 아니고 소먹이에 이리 정성을 쏟아야 할까 싶어 처량해지고는 했다.

축사는 시골집 본채 바로 옆에 콘크리트로 지어져 있었다. 그 당시 갓 공병대를 전역했던 친척이 지었던 것으로 기억한다. 축사에는 작은 방이 하나 달려 있었는데, 중학생 시절에 이 작은방이 내 공간이었다. 축사와 바로 연결된 탓에 소의 작은 기척까지 고스란히 들리고, 방안에는 온통 소 냄새로 가득했다. 소들과 꽤 오랫동안 동고동락한 셈이다. 지금 생각하면 머슴이라도 살기 힘들다고 도망쳤을 환경인데, 나는 그 와중에 잠도 잘 자고 학교 공부도 무리 없이 해냈다. 몸에 밴 소똥 냄새는……, 그 시절 시골 아이들이라면 너나없이 비슷한 냄새가 났으니 싫은 소리를 듣거나 타박을 받아본 적이 없다. 대견하다, 그 시절 우리들!

아버지는 소를 애지중지 아끼고 보살폈다. 덕분에 우리 집 소는 크게 다치거나 병에 걸린 경우가 거의 없었다. 여러 마리를 키울 욕심을 낼 만도 한데, 아버지는 늘 서너 마리만 키우셨다. 암소가 새끼를 낳으면 곧바로 팔거나 한두 해 키워서 팔았고, 가끔 송아지를 사 와서 축사의 소 마릿수를 조절했다.

코뚜레도 늘 아버지가 손수 자르고, 깎고, 다듬어서 보기 좋게 만들었다. 코뚜레 만드는 과정은 생각보다 쉽지 않다. 나무가 너무 단단하면 동그랗게 구부러지지 않고, 너무 약하면 쉽게 부러져 버린다.

또 너무 작거나 크면 코뚜레 역할을 제대로 하지 못한다. 아버지는 소 몸집에 따라 맞춤하게 코뚜레를 만드는 기술자였다. 송아지가 5~6개월쯤 되면 첫 코뚜레를 끼우는데, 코뚜레 뚫기 전 송아지는 너무나 앙증맞고 귀엽다. 큰 눈망울에 커다란 덩치를 보면 큰 강아지처럼 느껴진다. 하지만 새끼라고 만만히 보다가는 큰코다친다. 아버지가 나무못으로 코를 뚫고 코뚜레를 끼우는 동안 온 식구가 달려들어 송아지가 꼼짝하지 못하게 붙들어야 한다. 송아지가 아파서 눈물을 뚝뚝 흘리면서 울면 내 마음도 저릿저릿했다. 하지만 며칠 지나면 상처가 아물고 송아지는 다시 기운을 차린다. 천방지축 망나니처럼 날뛰고 제멋대로 행동하던 송아지들은 코뚜레를 넣으면 얌전하게 굴었다. 자유를 빼앗았으니 안타깝고 미안하지만, 그러지 않으면 축사를 뛰쳐나가서 농작물을 엉망으로 망치고 피해를 준다.

당시 시골에서 소는 목돈을 마련하는 방편 말고도, 농사일에서 큰 일꾼 노릇도 맡았다. 소는 쟁기질하고 수레를 끌 때 장정 서너 명 역할을 너끈히 해낸다. 그러니 주인이 이끄는 대로 능숙하게 힘을 내려면 코뚜레는 필수다. 소 입장에서는 평생을 코뚜레에 꿰어 살아가야 하니 서글프고 답답할지 모르겠다. 하지만 농사꾼은 그 보상으로 소를 소중하게 여기고 또 극진히 보살핀다.

나는 도시로 나가 학교에 다니고 직장생활을 하면서 자연스레 소 키우는 일에서 멀어졌다. 쇠죽을 쑤거나 풀을 베러 다니는 일은 온전히 아버지의 몫으로 남았다. 아버지는 이 모든 일을 해결하셨다. 식구들은 연세가 들고 몸이 불편해진 아버지가 걱정돼서 소를 그만 키우라고 만류했다. 하지만 아버지는, "느그 엄마 병원비라도 내야 하지 않겠느냐"면서 말년까지 소를 키우셨다. 시골집에 홀로 지내는 아버지에게 소는 자식이자 말동무였다.

도시에 사는 자식들 집에 잠시 들를 때도 하룻밤 주무시고 가는 경우는 거의 없었다. 며느리와 손자들이 소매를 붙잡아도 소에게 여물 줘야 한다며 꼭 시골집으로 내려가셨다. 나는 소 돌보는 일이 너무나 힘들고 귀찮았다. 하지만 그런 소들 덕분에 대학에 가고, 결혼도 할 수 있었다. 내가 학교에 다니고 결혼할 때까지 소 여남은 마리는 팔려 나갔을 것이다. 지금 내 삶의 상당은 아버지와 소의 희생으로 이루어진 것이다. 도시에 나가서 살고 있을 때 가끔 전화기 너머로 어머니의 흥분된 목소리가 들려온다. "막뚱아, 오늘 새벽에 송아지 새끼를 낳았는데 암컷이다야. 지 혼자 새끼 낳는다고 을매나 힘들었으꼬나." 걱정 반 자랑 반 송아지 이야기를 한참 늘어놓으셨다. 그때는 무덤덤하게 그러냐고 흘려들었는데, 지나고 보니 얼마나 기분이 좋으셨을까, 맞장구라도 쳐줄걸.

아버지가 돌아가시고 난 뒤, 이제는 소도 없고, 축사는 병아리들 놀이터가 되었다. 아버지는 늘 나에게 소처럼 우직하게 살기를 바라고 당부하셨다. 소는 서두르지 않고 느긋하면서도 부지런하다. 소를 통해서 인생의 의미를 배운다. '우생마사(牛生馬死)'라는 고사성어가 있다. 폭우나 홍수 때 강물에 빠지면 소는 살고 말은 죽는다는 뜻이다. 물살이 느린 강이나 호수에서 말과 소는 유유히 헤엄을 친다. 소보다는 말이 헤엄을 잘 친다. 그런데 홍수로 강물이 불어나서 물살이 거세지면 상황은 달라진다. 헤엄을 잘 치는 말들은 자기 힘을 믿고 강물을 거슬러 올라가려고 몸부림을 치다가 결국은 지쳐서 죽고 만다. 반면 소들은 물살에 자신을 맡기고 순순히 떠내려가다가 뭍에 가까워지면 힘을 내서 뚜벅뚜벅 걸어나온다.

흔들리는 인생살이도 마찬가지다. 힘들다고 아우성치고 몸부림처봐야 부질없다. 주변 사람들이 뭐라고 하건 잠시 내려놓고 그냥 가만히 있을 필요가 있다. 나이가 들어갈수록 거친 물살에 발버둥치기보다는 순순히 내 몸을 맡겨야 한다.

아마추어 농부일기

어릴 적 내가 살던 시골집에는 텔레비전이 없었다. 내가 초등학교에 들어가기 전에 마을에 텔레비전이 있는 집은 손에 꼽을 만큼 적었다. 나는 저녁을 먹자마자 텔레비전이 있는 집까지 먼 길을 뛰어가고는 했다. 〈전우〉, 〈서커스〉 같은 인기 있는 프로그램을 하는 날이면 그 집은 동네 사람들로 콩나물시루처럼 북적북적했다. 어린 나는 텔레비전을 보다가 잠이 들기 일쑤였다.

내가 잠이 들면 항상 형들이 번갈아 나를 업고 집으로 돌아왔다. 그 따스하고 푸근한 밤길을 아직도 어렴풋이 기억한다. 집에서 가까운 당숙모 집에 텔레비전이 생기면서부터는 거기로 밤마실을 다녔다. 저녁 무렵이면 당숙모네 손녀딸이 텔레비전 보러 오라고 심부름을 왔다. 그러면 우리 식구는 못 이기는 척 가서 텔레비전을 시청했다.

우리 집에서 텔레비전을 언제 샀는지 기억이 나지 않는다. 어쨌거나 텔레비전을 산 뒤로 엄마랑 오붓하게 〈주말의 명화〉, 〈명화극장〉, 〈전원일기〉를 꼭 챙겨 봤다. 아버지와 달리 엄마는 영화를 무척 좋아하셨다. 〈주말의 명화〉 시그널 음악(〈Exodus〉)과 명화극장 시그널 음악(〈Tar's Theme〉)이 들리면 우리는 자연스레 안방에 모여서 텔레비전을 시청했다. MBC 〈주말의 명화〉는 주로 흥행과 오락성 있는 영화를, KBS 〈명화극장〉은 주로 작품성과 예술성이 뛰어난 영화를 보여줬다. 엄마는 고된 농사일로 피곤할 텐데도 빠짐없이 자식들이랑 끝까지 보고 주무셨다.

나는 전쟁영화나 액션영화를 할 때는 관심 있게 보았지만 멜로영화를 할 때는 앞부분만 보다가 금세 잠이 들었다. 나는 가끔 〈주말의 명화〉, 〈명화극장〉 시그널 음악을 들으면서 어머니의 자상한 모습과 다정한 가족들의 모습을 떠올리곤 한다. 아버지는 토요일과 일요일에 보는 두 개의 영화 프로그램에 대해서는 뭐라고 하지 않으셨다. 하지만 평일에 텔레비전 보는 걸 탐탁지 않아 하셨다. 우리가 오랫동안 텔레비전을 보고 있으면, 어느새 나타나서 야단치면서 텔레비전을 꺼버렸다. 전기세가 많이 나오고 눈이 나빠진다는 이유였다. 다른 집들이 컬러 텔레비전으로 바꾼 뒤에도 우리 집은 한동안 흑백 텔레비전이 안방 한구석을 차지하고 있었다.

온통 산으로 둘러싸인 시골 마을에 살다 보니 텔레비전 전파 사정도 좋지 않았다. 긴 대나무에 매단 안테나를 이곳저곳 옮기면서 전파를 잡기 위해서 무진 애를 써야 했다. 비가 많이 오거나 천둥이 치는 날에는 화면이 지직직 거리면서 먹통이 되곤 했다. 우리는 다시 화면이 나올 때까지 하염없이 기다리는 수밖에 없었다.

텔레비전에서 만화프로그램을 할 때 부모님께서 심부름이나 농사일을 시키면 무진장 싫었다. 또래의 어린 친구들은 별로 일을 안 하는 것 같은데 나만 일하는 것 같아서 속상했다.

머릿속에 만화가 빙빙 돌아가고 있으니 농사일이 손에 잡히지 않았다. 무슨 일을 시키면 실수하거나 망치기 일쑤였다. 아버지가 낫을 갖고 오라고 하면 호미를 가져다주고, 논에 가서 피를 뽑으라고 하면 엉뚱한 나락을 뽑기도 했다. 지금도 일머리가 없는데 어릴 때는 오죽했을까 싶다.

사실 나는 피부가 약해서 벼나 풀에 오랜 시간 노출되면 피부 트러블이 생기고 풀독이 심하게 오른다. 피부 때문에 가뜩이나 신경 쓰다 보니 농사일이 더욱 싫어질 수밖에 없었다. 내 피부 때문에 걱정이 많으셨던 어머니는 종종 폭포수가 있는 화순 사평이나 만연폭포로 나를 데리고 다녔다. 그 폭포에서 떨어지는 물을 맞으면 피부병이 낫는다는 이야기를 어디서 들으셨던 듯하다.

높은 곳에서 떨어지는 묵중한 물줄기는 몸이 휘청일 정도로 수압이 강했다. 게다가 물은 엄청 차가워서 추웠다. 나도 모르게 오들오들 몸이 떨리고, 이빨을 덜덜거리면서 나왔다. 피부병이 사라지지는 않았지만, 신기하게도 어느 정도 가려움이 덜했다.

어릴 때는 바쁜 농사철이 너무나 싫었다. 학교에서 돌아오면 무조건 부모님을 도와서 일해야 했기 때문이다. 심지어 학교에서 수업을 마치고 집에 가기 싫어서 일부러 늦게까지 남아 있다가 먼 길을 돌아가고는 했다. 광주에서 고등학교 다닐 때도 부모님은 꼭 토요일이나 일요일에 모내기를 하거나 고추를 따거나, 농약을 하거나, 벼베기를 했다. 학교 시험이나 대입 시험 따위는 전혀 고려하지 않으셨다. 무조건 내려가서 일손을 거들어야 했다. 지금이야 기계화되어서 다소 편하게 농사일을 하지만, 과거에는 모든 일을 손으로 해결해야 했다. 특히 모내기나 벼수확 철에는 마을 사람들 모두가 나서서 품앗이했다.

아버지가 노환으로 몸이 불편해지자 차츰 농사일을 내려놓으셨다. 셋째 형님이 아버지를 대신해서 농사를 지었다. 나와 달리 부지런하고 일머리가 좋아서 뭐든지 잘했다. 종종 아버지는 농사의 노하우를 형과 나에게 꼼꼼히 알려주었다.

예상치 못한 상황에서 아버지가 돌아가시자 나도 농사일을 해보기로 했다. 비록 얼마 되지 않는 전답이지만 농업경영체 등록을 하고, 농지원부를 만들고, 단위농협 조합원으로 가입했다. 어엿한 농부가 된 셈이다. 형의 도움을 받아서 조금씩 농사일을 배우고 있다. 언제 씨앗을 뿌리고, 계절에 따라 무슨 작물을 심어야 하는지, 토질에 따라서 어떤 품종을 심으면 좋은지……. 형은 직접 농사를 지으며 쌓은 노하우까지 꼼꼼하게 가르쳐주었다.

어느 때는 농사일이 좀 성가시고 부담스럽지만, 그래도 초보 농사꾼한테는 더할 나위 없이 고마운 기회다. 며칠 전 동네 이웃이 이양기로 모를 심어줬는데 기계가 자꾸 고장 나서 해 질 녘에야 겨우 마칠 수 있었다. 어둠 속에서 심다 보니 빈 곳이 많고 허술했다. 애초에 이양기로 모내기를 끝내고 나면, 논의 모서리 사각지대는 손으로 심어야 한다. 그런데 이번에는 그 양이 두어 배 많아진 것이었다. 마무리해야 할 일이 많아진 탓에 마음이 심란했다. 다음날 새벽 일찍 일어나 논에 가서 모 때우기를 시작했다. 수렁논이어서 걸을 때마다 허벅지까지 쑥쑥 들어갔다. 허리는 쑤시고 머리는 어지러웠다. 욕지기가 올라오고 후회가 밀려왔다. 포기하고 싶은 마음을 가까스로 물리치고 겨우 마무리했다.

이런 논을 부모님께서는 어떻게 몇십 년 넘게 농사지으신 걸까. 생전에 고생하신 모습이 눈에 선하게 떠올랐다. 구불구불한 수렁이논은 올해까지만 짓고 내년에는 밭으로 만들 생각이다. 여기에 복숭아나무, 사과나무를 심거나 약초를 심는 것이 나을 듯싶다. 농사는 일도 힘들지만, 여러모로 신경 쓸 것도 많다. 논 가는 트랙터 비용, 모 심는 이양기 비용, 벼 베는 콤바인 비용, 비료값, 품삯 등으로 들어가는 돈도 만만치 않다. 그러니 수확해서 팔아도 남는 게 없다. 아니 오히려 손해다. 한 3년 실제 농사를 지어보니 생각보다 훨씬 고단하고, 또 고생한 만큼 이익이 나오지 않아 괜히 부아가 치밀기도 한다. 농촌이 왜 황폐화되고, 젊은 사람들이 떠나는지 알 것 같다.

농산물은 채산성이 맞지 않고, 농촌은 문화적 편익과 복지혜택의 사각지대다. 부모님 시대의 농촌이나 지금의 농촌이나 그다지 바뀌지 않았다. 여기서 불평불만을 늘어놓자면 끝이 없을 것 같다. 우리나라 농촌의 구조·제도적 문제는 쉽게 해결될 문제가 아니기 때문이다.

지금까지 무수한 자연과 계절이 지나갔지만 내 눈은 진면목을 보지 못했다. 뭐랄까, 책과 그림 속에 있는 자연과 봄, 여름, 가을, 겨울을 보았을 뿐이다. 언제나 내 눈앞에서 펼쳐지는 경이로운 자연현상이었지만 관념으로 받아들이고 그저 무심한 세월을 보냈다. 농사를 조금씩 지으면서 나는 나만의 감각으로 자연을 느끼고 계절을 보고 있다.

나는 틈나는 대로 시골에 내려가 논과 밭을 둘러본다. 그곳에서 흙의 질감을 온몸으로 느끼고, 하루하루 자라는 곡식에 눈을 맞추고, 땀 흘린 뒤에 밀려드는 포만감에 젖고, 자연의 위대한 섭리가 감사하다.

삭막한 도시와 고단한 사회생활에 찌든 나에게 농사일은 최고의 희열을 선사한다. 내 손으로 직접 해봐야 그 느낌과 맛을 알 수 있다.

막걸리 예찬

  우리 조상들은 막걸리를 언제부터 마시게 되었을까? '서긍'이 지은 《선화봉사고려도경》 일명 고려도경에 언급되고 있지만, 훨씬 전부터 즐겨 했을 것으로 추측하고 있다. 막걸리는 술이 맑지 않아서 '탁주'라 하기도 하고, 농부들이 주로 마셨다고 해서 '농주', 색이 희다고 해서 '백주', 맑은 청주를 떠내지 않아 밥알이 동동 떠 있다고 해서 '동동주'로 불렸다. 백제의 '수수보리'라는 사람이 일본에 처음으로 누룩을 가지고 가서 술 빚는 방법을 전해줘서 후에 일본의 '술의 신'이 되었다고 한다.

  우리나라 전통주는 일제 강점기를 거치면서 사라지고 지금의 일본식 희석식 소주가 주류가 되었다. 해방과 6·25전쟁을 거치면서 전통주는 일부 종갓집을 위주로 보존되거나 계승되어 왔다. 미국으로부터 밀가루 원조가 시작되면서 쌀로 빚은 술은 금지되었다. 이때부터 밀가루로 빚은 막걸리가 본격 등장한다. 식량 사정이 좀 더 나아지면서 쌀막걸리는 1990년 초에 전면 허가되면서 지금에 이르고 있다.

농번기에는 사람들 일손이 귀해진다. 특히 모내기와 벼 수확할 무렵에는 초등학교 다니는 저학년 아이들이 막걸리 심부름을 주로 했다. 위낙에 개발이 더딘 시골이라서 변변한 물건을 파는 상점이나 구멍가게가 없었다. 마을에서는 나름 꾀를 내어 집집마다 달마다 순번을 정해서 막걸리와 라면을 팔았다.

하루는 엄마가, "야야 막둥아, 니 네거리 이장집 알지야. 거기 가서 막걸리 세 되만 받아 오니라, 그리고 사기장골 논에서 일하는 느그 아부지한테 갖다드려라" 하고 심부름을 시켰다. 나는 낡은 양은 주전자를 들고 이장집에 가서 큰 항아리에 가득 채워놓은 막걸리를 담았다.

작은 농촌 마을이었지만, 희한하게도 세 개의 조그마한 촌락 단위로 이루어진 동네여서 이장집과 사기장골 논까지 거리가 제법 멀었다. 어리고 작은 체구에 큰 주전자를 드는 것이 너무나 무거웠다. 풀풀 날리는 먼지를 뒤집어쓰고, 주전자를 오른손과 왼손으로 바꿔 들면서 울퉁불퉁한 신작로 거리를 걷는 게 수월찮이 힘들었다. 찌그러진 주전자 뚜껑 사이로 막걸리가 넘치고 출렁이다 보니 버려지는 양도 꽤 되었다. 주전자는 무겁고, 내리쬐는 강한 햇빛에 갈증이 밀려오고, 그 시절 그 또래 아이들이 그렇듯 시도 때도 없이 배가 꼬르륵 소리를 냈다.

나는 신작로 옆에 털썩 주저앉아 삐쭉 입을 내밀고 투덜투덜했다. 그리고는 오리주둥이처럼 생긴 주전자 꼭지를 입에 대고 천천히 들이켰다. 텁텁했지만 그래도 배고픔 탓인지 달짝지근하니 먹을 만했다. 호기심에 홀짝홀짝 마시다 보니 살며시 잠이 오고 몸이 비틀거렸다. 나도 모르게 갈지자걸음이 되었다. 막걸리 주전자를 들고 걸어오는 모습을 본 아버지는, "어린놈이 싹수가 노랗다"라며 노발대발했다. 호되게 야단을 맞고 집으로 돌아오면서, 나는 얼굴이 붉으락푸르락했다. 억울하고 속상한데다 술이 덜 깨서였다. 아무것도 모르는 어린아이가 허기짐과 목마름에 어쩔 수 없이 마셨는데, 내 마음도 몰라주고 화를 내는 아버지가 원망스러웠다.

그런데 마음속 한편에는 처음 맛본 막걸리의 짜릿함과 황홀함이 잔상처럼 남았다. 나도 모르게 혀로 입술을 훔치며 남아 있는 막걸리 향을 음미했다. 그때는 미처 몰랐다. 오랜 시간을 나와 함께하는 인생의 희로애락 동반자가 될 줄은.

군대 복무 시절, 하루는 옥수숫대를 베는 대민봉사에 나갔다. 밭 주인이 막걸리를 가져오더니 고생한다면서 한 잔씩 마시라고 했다. 우리는 군인이라서 술을 마시면 안 된다며 손사래 쳤다. 하지만 모처럼 막걸리를 보니 입안에서 군침이 돌고 정신이 혼미해졌다. 밭 주인은 그런 속마음을 안다는 듯, 막걸리를 한 잔씩 따라주며 강권했다. 우리는 못 이기는 척 막걸리 잔을 받아 넙죽 받아넘겼다.

처음 한 잔이 어렵지, 두 잔 세 잔은 쉽다. 나중에는 일은 하지 않고 주전자에 담긴 막걸리를 정신없이 들이켰다. 나는 당시 분대장이었는데, 기강을 잡아야 할 처지에 가장 심하게 취해버렸다. 결국 일이 끝나고 해가 떨어질 때까지 밭에 누워서 드르렁드르렁 코를 골면서 잠을 자고 말았다. 변명의 여지가 없는 잘못이었다. 부대 복귀 후 그 일이 어찌어찌 대대장 귀에 들어갔다. 나는 심한 질타를 받았고, 완전군장을 메고 연병장을 반나절이나 돌고 돌았다. 제대 후 가끔 군대 선·후임들과 술자리를 가질 때면 그 이야기가 빠지지 않고 안주처럼 회자된다.

대학시절에는 가벼운 주머니 사정으로 맥주는 언감생심, 우리는 허구한 날 허름한 선술집에서 막걸리를 마셔 댔다. 시국이 다소 어수선할 때여서 집회가 끝나거나 학과 뒤풀이가 있을 때면 투박한 사발에 막걸리를 마셨다. 안주는 두부김치 하나로도 충분했다. 맑고 화창한 날에는 캠퍼스 잔디밭에서 학과 동기들끼리 새우깡 안주에 막걸리 술잔을 기울이고 취직 걱정, 연애 걱정, 불투명한 미래를 고민했다. 간혹 술에 취해서 막차라도 끊긴 날이면 학과 사무실이나 동아리 방에서 새우잠을 청하기도 했다.

결혼 후 아이가 한동안 없었다. 내가 산부인과에 가서 진료를 받았는데 의사가 운동을 권유했다. 이때 금연을 결심했고 건강한 몸을 만들기 위해서 조기축구회에 가입했다. 내가 소속된 조기축구회 팀은 주로 40대, 50대가 주축을 이루었고, 갓 30대인 나는 가장 막내였다. 주말이면 새벽 6시부터 운동을 시작하는데, 시합 중간이나 쉬는 시간에 늘 막걸리가 등장했다. 조기축구를 핑계로 모인 술꾼들은 두부김치를 안주 삼아 한 잔 마시라고 계속 권유했다. 처음에 나는 시합에 지장을 줄까 봐 한동안 마시지 않았다. 하지만 어느 날, 선배들의 권유에 어쩔 수 없이 자리를 잡고 한 잔 기울였다. 역시나 첫 잔이 어렵지, 두 잔 세 잔은 쉽다. 얼마 지나지 않아 나는 어느덧 축구보다는 술판을 휘어잡는 인물로 자리매김했다.

우리 조기축구회는 경기 결과와 상관없이 습관처럼 막걸리를 마셨다. 이기면 기분이 좋아서, 지면 기분이 나빠서, 더운 날에는 막걸리가 시원해서, 비 오는 날에는 막걸리가 착착 감겨서, 추운 날에는 몸을 후끈 달궈야 해서 마셨다. 축구 시합이 끝나고 점심 겸 막걸리를 마시기 시작해서 다음 날 새벽까지 막걸릿집을 찾아다니면서 고주망태가 되도록 마시기도 했다. 이 때문에 조기축구회 나가는 일요일이면 부부싸움이 잦아졌고 집사람 눈에는 살기가 넘쳐나곤 했다.

직장 관계로 전주에서 2년여 생활한 적이 있는데, 막걸리를 좋아하는 나에게는 더없이 좋은 기회였다. 전주 시내에 근사한 막걸리 골목들이 여럿 있었고, 마시는 주전자 개수에 따라 안주의 종류와 가격이 달랐다. 막걸리 맛도 근사했고, 안주의 양과 질이 다른 지역에 비해 월등히 좋았다. 전주 막걸리 골목에서 나는 비로소 술을 벗으로 마주할 수 있었다. 막걸리 맛을 음미하고, 막걸리에 맞는 안주를 선별하고, 어떤 사람과 어떤 이야기를 나눠야 막걸리 맛이 살아나는지 조금씩 깨달아갔다. 수요일 저녁마다 전주 곳곳의 막걸릿집을 찾아다니며 즐겨 마셨던 기억이 지금도 생생하고 아련하다.

여러 막걸리 중에서 예전에는 광산구 비아동에서 빚은 비아막걸리를 즐겨 했었다. 아쉽게도 비아막걸리는 슈퍼마켓이나 식당에서 잘 보이지 않는다. 지금은 무등산막걸리를 주로 마시는 편이고, 한때 무등산 막걸리 제조 공장에 가서 직접 사다 마시기도 했다. 비아막걸리와 무등산막걸리의 맛을 굳이 비교하자면, 비아막걸리는 첫맛이 시원하고 끝맛이 고소하다. 무등산막걸리는 빈속에 목 넘김이 좋고 알딸딸하게 취하기에 적당하다. 특히 김치냉장고에다 보관하고 마시면 감칠맛이 그만이다. 막걸리는 밀가루보다는 쌀로 빚은 것을 먹어야 본연의 맛을 느낄 수 있다.

시골집에서 일할 때는 막걸리는 없어서는 안 되는 필수품이다. 집에서 가까운 함평 월야주조장에서는 생막걸리를 도매로 살 수 있다. 다소 가격이 올랐지만 만 원에 큰 병(1,700ml) 4개, 작은 병(750ml) 1개를 사서 여러 날 두고 먹는 편이다. 농사일에 허기진 배를 채우고 갈증을 해소하는 데 막걸리만 한 것이 없다. 여름철 시원한 얼음을 둥둥 띄우고 마시면 더위와 노동의 노곤한 피로가 훌쩍 날아간다.

막걸리 안주로는 홍어무침과 두부김치가 서로 궁합이 잘 맞는다. 개인적으로는 곱창구이와 얼큰한 주꾸미볶음을 안주로 즐겨 먹는다. 술잔은 투박하고 오래된 양은 잔이 막걸리 분위기와 어울린다. 잔 가득 술을 채우고 손끝으로 살며시 막걸리가 묻어나게 잡고 마시면 금상첨화다.

집에서 차분히 글을 쓰려고 하는데 머릿속이 까마득하여 아무런 생각이 나지 않을 때가 있다. 이럴 때 집 근처 무각사 주변을 산책하거나, 막걸리를 한잔 마시면서 생각을 정리하곤 한다. 처음 책을 집필하면서 어둡고 긴 동굴을 헤매는 듯한 막연함과 두려움을 느끼곤 했는데, 이를 극복하는 데 막걸리가 큰 도움이 되었다. 책을 읽을 때도 마찬가지다. 내용이 머릿속에 들어오지 않고 핵심이 무엇인지 알 수 없을 때 한잔 마시면 한결 읽기가 쉬워진다.

나는 술에 취하면 같은 말을 계속 되풀이한다. 또 기분이 한껏 고조되어 말소리가 높아진다. 그러다 보니 옆자리에 있는 사람들과 가벼운 시비가 붙기도 했다. 친구들의 핀잔에도 술버릇은 잘 고쳐지지 않았다. 사실 나는 내심 술에 취해도 스스로 제어할 수 있다고 자신했다. 물론 오판이었다. 며칠 전 토요일에 친구와 점심 약속이 있었다. 반주 삼아 간단히 마시기로 했다. 한참을 서로 막걸리를 주거니 받거니 하다 보니 결국 늦은 저녁까지 이어졌다.

술에 취해서 비몽사몽 집에 왔는데 어떻게 걸어왔는지 전혀 기억나지 않았다. 어렵사리 집의 비밀번호를 누르는데 도무지 문이 열리지 않았다. 한참을 끙끙대고 다시 번호를 누르고 있는데, 갑자기 문이 벌컥 열렸다. 웬 할아버지가 나한테, "당신 누구요" 하고 대뜸 묻는다. 알고 보니 우리 집이 아니다. 아뿔싸, 층수를 헷갈렸다.

간신히 집을 찾아서 문을 열었는데 현관문 안쪽을 걸어 잠가서 들어갈 수가 없었다. 집사람을 불러도 묵묵부답이다. 휴대폰도 받지 않는다. 급기야 고래고래 소리 지르니 그제야 잠금장치를 푸는 소리가 들렸다. 그리고 이어지는 아내의 목소리. "지금 몇 시야, 당신 미쳤어! 전화도 안 받고." 아내 눈에서는 한심하다는 눈총이 쏟아졌다. 하필이면 그날이 장인어른 생신이었는데 술에 취해서 그걸 깜빡 잊어버렸다. 아내의 노기 어린 눈빛을 보고서야 퍼뜩 정신이 들었다. 낮술에 취하면 부모님 얼굴도 못 알아본다는 말이 맞는 듯싶다. 세월 앞에 장사가 없다는 말이 틀림없었다. 다시는 술을 마시지 않겠다고 아내에게 싹싹 빌었다. 아내는 절대 믿지 않는다는 듯 콧방귀를 뀌었다.

이 글을 쓰는 순간까지 나는 금주하고 있다. 막걸리 이야기를 쓰다 보니 혀끝에서 그 알싸한 감칠맛이 맴돌고 온몸에 찌르르 전기가 흐른다. 부모님을 여의고 슬픔에 젖어 있을 때, 심신이 고단할 때, 고독이 짙어질 때, 절망에 몸부림칠 때, 직장생활에 회의감이 가득할 때, 막걸리는 나에게 위안이 되었다. 막걸리는 내 삶의 일부고, 도피처이자 위안처였다.

그런 막걸리를 이렇듯 두부 자르듯 끊어내는 건 너무 매정한 짓이다. 글을 마치는 대로 막걸리 한 병 사러 가야겠다. 물론 당장 마시려는 생각은 없다. 어지간해서는, 어떤 이유로도, 당분간 금주 결심을 깨뜨릴 생각이 없다. 적어도 오늘은 아니다. 다만 사람 일이라는 게 당장 내일 무슨 일이 일어날지 모르는 법이다. 만일을 위해서 냉장고에 막걸리 한 병쯤은 갖춰놓아야 하지 않겠는가 말이다.

다시 고향 땅에 깃들다

하늘에는 성근 별

알 수도 없는 모래성으로 발을 옮기고

서리 까마귀 우지짖고 지나가는 초라한 지붕

흐릿한 불빛에 돌아앉아 도란도란거리는 곳

그곳이 차마 꿈엔들 잊힐 리야

정지용 시인은 시 〈향수〉에서, 고향에 대한 진한 그리움을 아름답고 고졸한 시어로 노래한다. 옛 시골집이 생각날 때마다 나는 이 대목을 나도 모르게 읊조린다.

옛 시골집에 대한 추억은 낡은 회색빛 사진처럼 희미하다. 산으로 둘러싸인 저수지 아래 북향으로 지어진 초가집은 여름에는 덥고, 겨울에는 추위가 유난히 심했다. 왜 이렇게 집을 지었는지 알 수 없지만, 남쪽으로는 높은 산이 솟아 있고 북쪽으로는 넓은 들판이 펼쳐져 있어서 지리적, 지형적으로 어쩔 수 없는 선택인 듯싶다. 높은 구릉지 아래 자리 잡고 있어서 전형적인 전원 풍경 그림처럼 고즈넉했다. 지금에 와서 보면 그렇다는 얘기고, 어릴 적에 그 풍경 안에서 살아가는 나는 따분하기 이를 데 없었다. 우리 동네에는 유난히 내 또래 친구가 없었다. 아주 오래전 초가집에서 찍은 흑백사진이 여태 남아 있는데 아마 내가 서너 살쯤 되던 때인 듯싶다. 아마 계절은 한여름인 듯 싶다. 사진 속 아이들은 반팔 차림이고, 그 뒤로 절구통, 쌀가마니, 지게가 놓여 있다. 위치를 보니 농기구를 보관하는 창고 앞에서 찍었나 보다. 큰형은 갓 낳은 여동생을 안았고, 둘째 형은 웃음을 참으려는 듯 지그시 입술을 깨물고 있다. 누나는 윗옷을 조금 열어젖히고 정면을 째려보고, 셋째 형은 찐 감자를 베어 물고 있다. 나는 온통 시커먼 때로 얼룩진 옷을 입고, 찍는 순간에 감자를 감추려고 엉거주춤 우스꽝스런 동작을 하고 있다. 형들과 누나는 검정 고무신을 다 신고 있는데 나만 홀로 맨발이다. 누가 봐도 70년대 세상 물정 모르는 깡촌 아이들 특유의 꼬질꼬질하고 개구진 모습 그대로다. 가족들은 그때 지금의 모습을 상상이나 했을까? 좁은 마당이었지만 뭐든지 할 수 있었던 놀이터였다.

우리 집은 낡고 허름한 초가집이었다. 볏짚을 엮어서 얹은 지붕, 흙과 지푸라기를 다져서 만든 흙벽은 허술하기 짝이 없었다. 해마다 초가집을 개보수했지만, 워낙 오래된 집이다 보니 벽이 허물어지거나 지붕 곳곳에서 비가 새기도 했다. 오죽하면 태풍 때 집이 무너지기를 바랄 정도였다. 자연재해로 집이 파손되면 정부에서 어느 정도 지원해준다는 소리를 들어서였다.

초등학교 다닐 무렵 초가지붕이 슬레이트로 바뀌고, 중학교 다닐 즈음 본채 옆에 번듯한 소를 키울 축사 건물을 지었다. 한참 지난 후 옛집을 허물고 새로운 터에 지은 시골집은 멋진 전원주택이었다. 방에 보일러를 놓고, 부엌은 아궁이가 아닌 입식으로, 화장실도 재래식이 아닌 수세식으로 단장했다. 이제 시골 옛 집터는 작은 텃밭으로 변했다. 여름이면 탐스러운 복숭아가 달리는 작은 과수원이 되었다.

시골의 풍경은 어릴 적 모습과 전혀 다르게 변모했다. 하지만 시골집 하면 나는 으레 정겨운 초가집을 떠올린다. 그게 고향에 대한 내 정서와 공명하기 때문일 거다. 옛날 사람 아니랄까 봐 빠르게 변화하는 현대 사회에서 변하지 않는(또는 변하지 않는다고 믿는) 대상에 자꾸 마음이 간다. 나에게 고향 시골집은 안식처이자 희망의 이유다.

도시에서 발버둥 치고 살았지만 결국에는 고향으로 돌아갈 운명이었나 보다. 아직은 반쪽이지만, 어느덧 농부의 길로 들어섰다. 따가운 햇빛 아래서 깨밭의 잡초를 매다가 허리가 아파 왔다. 김매기용 작업 방석을 다리에 끼우고 앉았다. 보기에는 좀 민망하지만, 근래에 만들어진 최고의 발명품 가운데 하나다.

명색이 깨밭인데 정작 깨 새싹은 드물고 잡초가 무성하다. 지난번 뿌려놓은 깨 씨가 가뭄에 말라서 죽거나 새들의 먹이가 되어 사라졌나 보다. 게다가 겨우 남은 깨 새싹은 예민하고 연약하다. 잡초를 매다가 자칫 새싹을 조금이라도 건드리면 상처가 나고 시름시름 앓는다. 종묘장에서 사 온 깨 모종을 비닐하우스에서 애지중지 키운 탓인지 자연 상태에서 버티는 힘이 너무 없다. 반면 잡초들은 거침없고 드세다. 뿌리를 실핏줄처럼 여러 갈래 펼치고 깊게 뻗어 내린다. 뿌리가 통째로 뽑히지 않는 한 끈질기게 살아남는다. 호미로 흙을 깊게 박고, 힘껏 이파리를 잡아당겨도 쉽사리 뽑히지 않는다. 버티는 힘이 대단하다. 샅샅이 잡초를 뽑아내도 며칠 지나면 어느새 또 밭을 뒤덮어버린다.

흔히들 안 풀리는 인생을 '잡초 같은 인생'이라고 폄훼하거나 함부로 말하지만, 정작 잡초는 가볍지 않다. 잡초가 어느 곳에나 널려 있는 이유는 그만큼 잡초의 생존전략이 뛰어나기 때문이다.

씨앗은 바람에 실려, 짐승의 털에 매달려, 새의 먹이가 되어 여행하다가 적당한 곳에 떨어지면 곧장 뿌리를 내리고 싹을 틔운다. 어떤 험난한 조건에서도 살아남는 잡초에게 깨밭은 그야말로 낙원이나 다름없는 환경이다. 사람들이 아무리 부지런해도 결국 잡초를 이기지 못한다. 영악한 인간은 농약이라는 걸 만들어서 잡초를 몰살시키려 했지만, 그게 결국 토양을 오염시키고 인간의 몸까지 병들게 했다. 잡초를 억지로 이기려 했다가는 큰코다치기 마련이다. 그러니 잠시 그들의 터전을 빌려 쓴다는 마음으로 농사를 지어야 한다.

깨밭을 매고 집으로 돌아와 보니, 마당 화단에 앵두가 빨갛게 잘 익었다. 하나 따서 맛을 보니 상큼하고 시큼하다. 아내에게 맛보이려고 한 움큼 땄더니 가지가 출렁대면서 덩달아 우수수 떨어진다. 촐싹

거리지 않고 하나씩 따면 버려지는 앵두가 별로 없을 텐데, 괜한 욕심에 발꿈치를 들고 가지를 잡아당겨서 따다가 사달이 났다. 땅에 떨어진 앵두를 주우려다 그냥 내버려두었다. 어느새 병아리들이 쪼르르 달려나와 쪼아 먹는다. 괜스레 앵두를 몇 개 더 따서 먹었다.

어린 시절 배고픔은 늘 일상이었다. 우리는 산으로 들로 쏘다니며 아카시아꽃, 산딸기, 진달래꽃, 찔레꽃 껍질과 열매, 칡뿌리, 소나무 열매와 껍질, 삐비, 띠 등으로 배를 채웠다. 나는 그중에서도 아카시아꽃 향기와 아삭한 식감을 유난히 좋아했다. 운이 좋으면 깨금나무의 열매인 깨금과 정금을 맛있게 따 먹었다. 깨금나무의 날카로운 쐬기는 가녀린 피부를 괴롭혔지만 아무런 장애물이 되지 않았다.

간혹 이름을 알 수 없는 식물들의 뿌리를 캐 먹거나 꽃잎 수액을 빨아 먹었다가 배탈이 나서 혼난 적도 있다. 하지만 어린 우리들은 산과 들판에서 먹을 것을 분주히 찾아다녔다. 시골에서 그나마 있는 소소한 간식거리를 포기할 수 없었기 때문이다.

어른이 된 나는 더 이상 아카시아 꽃잎을 따 먹지 않는다. 그 시절의 맛을 느낄 수 없을 게 뻔하고, 그 아련한 추억에 생채기를 내고 싶지 않아서이다.

제재소를 운영하는 매형과 누님이 시골집에서 사용하라고 크고 튼튼한 나무 평상을 만들어주었다. 동네 어르신들이 이 평상을 고가도로 아래에 놓고 쉼터로 사용했다. 그런데 차량이 오가는 데 걸리적거린다는 이야기가 나왔나 보다. 여동생 부부는 어떻게 들고 왔는지 그 무거운 평상을 집 앞마당에 가져다놓았다. 이 평상은 밥상이자, 응접실이자, 침대로 쓰이고 있다.

평상에 잠시 혼자 누워 있으면 바로 앞 논에서 개구리 울음소리가 요란하다. 한두 마리 울 때는 그럭저럭 들어줄 만하지만, 짝짓기할 시기에 논바닥 개구리들이 목놓아 울어대면 천둥처럼 시끄럽다. 그럴 때는 돌멩이를 주워 논바닥 한가운데로 던지고는 한다. 녀석들은 조그마한 기척에도 한동안 쥐 죽은 듯 소리를 멈춘다. 무심코 던진 돌멩이에 애먼 개구리가 죽는 불상사가 일어나도 어쩔 수 없다. 나에게는 귀를 쉬게 해줘야 할 필요가 있고, 녀석들도 짝짓기의 열망에서 잠시 벗어나 머리를 식혀야 하지 않겠는가.

여름 연휴 때 동생네 부부가 내려와 모처럼 온 가족이 평상에서 함께 저녁 식사를 했다. 평상 위에 모기장을 치고, 간이 전등까지 설치했다. 선선한 바람과 주변 숲에서 들려오는 풀벌레 소리와 불빛에 비친 즐거운 얼굴들……. 여느 숲속 캠핑장 못지않은 분위기였다. 형님이 참나무 숯불에 오리고기, 삼겹살을 노릇노릇 구워서 가져오고, 텃밭에서 갓 따온 상추, 더덕잎으로 쌈을 싸서 먹었다. 우리는 술잔을 기울이면서 흥겹게 이야기를 나누었다. 여름 밤하늘에 수놓은 별들이 반짝이고, 고요히 흐르는 은하수가 아름다웠다.

어릴 적 마당 한가운데 커다란 모깃불을 피워놓고 대나무 평상에서 식사를 자주 했었는데 그때 시절로 돌아간 듯 기분이 좋았다. 지금은 도시에 나가서 살다 보니 옛 정취를 느끼지 못하고 있었는데 나이가 드니 자꾸 옛 모습이 그립다. 다들 흰머리와 주름이 늘어나고 그런지, 옛 시절로 돌아간 듯 새삼스레 지난 시절의 얘기로 분위기가 화기애애해서 좋다. 그날, 잊힌 추억을 찾고, 또 다른 추억을 만들었다. 세월이 변하니 그렇게나 시끄럽게 거슬리던 개구리 울음소리가 정겹고 반갑게 들린다.

　요즘 주말에 어김없이 시골집을 찾아가는 이유 중 하나가 진돗개들 때문이다. 시골집에서 진돗개 두 마리를 키우고 있는데 저 멀리 진도와 대전에서 각각 데려온 것이다. 2020년 어느 봄날에 적적하게 지내시는 아버지를 위해 데려왔는데, 예기치 못하게 진돗개 주인은 그해 병원에서 끝내 집으로 돌아오지 못했다.

　이후 아버지 대신 내가 새 주인이 되어 키우고 있다. 동물병원에 가서 직접 주사기를 사서 예방접종을 하고, 주기적으로 심장사상충, 구충제를 사다가 먹이면서 정성을 다해 키우고 있다. 내가 마을 어귀에 주차하고 집 쪽으로 걸어갈 때면 저 멀리 개들의 움직임이 빨라진다. 귀신같이 내가 왔다는 것을 눈치채고 컹컹 소리치고 꼬리를 흔들면서 반갑게 맞이한다. 서둘러 작업복으로 갈아입고 두 마리 진돗개와 마을 앞 하천을 따라서 산책한다. 녀석들은 얼마나 좋은지 풀들 사이에 나뒹굴고, 연신 코를 킁킁대면서 온갖 냄새를 맡는다. 준비해 간 간식으로 간단한 훈련과 놀이를 시키고 집에 돌아온다. 미지근한 물로 목욕을 시켜주니 한결 깨끗하고 날렵해 보인다. 느티나무 아래에서 한참을 쓰다듬고 예뻐해 주니 한껏 기분이 들떠서 내 곁을 떠나지 않는다.

시골집을 등지고 나설 때면 녀석들은 연신 아쉬워 낑낑대면서 나를 부른다. 어느 누가 나를 이토록 반가워하고, 이별을 아쉬워할까? 일주일에 하루 이틀 돌보는 것이 너무 미안하다는 생각이 들어서 지인들에게 보낼 생각을 하다가도 아버지의 모습이 아른거려 차마 그러지 못하고 있다. 그나마 평일에는 형이 살뜰히 돌봐주고 있어서 얼마나 다행인지 모른다. 비록 말 못하는 짐승이지만 하나의 생명을 키운다는 것은 어마어마한 인연이고 막중한 책임감이 필요한 것 같다. 진돗개와 함께 있으면 직장에서 받는 스트레스를 잊는다. 어느덧 내가 그들로부터 위안을 얻는다.

루쉰의 단편소설 《고향》에는, "희망은 본래 있다고 할 수도 없고, 없다고 할 수도 없다. 이것은 땅 위의 길과 같다. 사실 땅에는 본래 길이 없었다. 지나는 사람이 많아지자 길이 된 것이다"라는 대목이 나온다. 우리 농촌은 빠르게 소멸되고 있다. 급격한 도시화 산업화 과정에서 농촌은 소외되고 잊혔다. 하지만 농촌은 도시의 뿌리이자 고향이다. 고향이 사라지면 우리의 희망도 추억도 사라진다.

몇 년 사이에 내가 살던 고향은 빛그린산단이 들어서면서 상전벽해가 되었다. 과거 신작로 길은 4차선 도로로 바뀌었고, 주변에는 공장들이 들어섰다. 어릴 적 놀이터였던 동네 어귀는 도로 편입으로 사라졌고, 마을의 모습은 온데간데없다. 누구에게나 고향은 애틋하고 아련한 장소일 것이다. 학창시절 나에게 고향은 벗어나고 싶은 애증의 대상이었다. 편안하고 정감 있는 안식처로 느끼기도 했지만, 지겨운 가난과 고된 농사일이 멍에처럼 답답하게 억누르는 감옥 같았다. 줄곧 도시로 떠나가고 싶어서 안달했다. 도시에서 살게 된 나는 출세와 성공을 위해 무던히 애를 썼다. 그게 시골에서 더 멀리 벗어나는 길이라고 믿었다. 하지만 도시 생활은 나에게 그 어떤 것도 채워주지 못했다.

도시는 화려한 네온사인으로 치장한 폭주기관차처럼 질주하지만, 정작 그곳에 탑승한 이들은 목적지가 어디인지도 모르며 무채색 눈빛은 허공을 헤맬 뿐이다. 어디에서 내려야 할지, 내릴 수는 있는 건지 아무도 모르는 눈치다. 내 몸과 마음은 지칠 대로 지쳤고, 딱히 의지할 무언가를 찾지 못했다. 그즈음 기억 깊은 곳에 묻어두었던 고향에 대한 그리운 감정이 되살아났다.

나를 위로해줄 곳은 결국 고향뿐이었다. 이곳에서 땀 흘리며 농사를 짓고, 계절이 가는 소리에 귀 기울이고, 진돗개를 보살피고, 나를 뒤돌아본다. 어릴 적 고향길은 사라졌지만, 나는 기억 속을 걷는다. 비로소 평온함을 찾는다.

제2장

산다는 것은
견디는 것이다

바구미 이 녀석!

산다는 것은 숨을 쉬고 있는 상태라고 정의할 수 있지만, 인간은 여기에 어떤 의지와 열망과 사랑의 환희 같은 심오한 조건을 덧붙인다. 그래야 비로소 가치 있는 삶을 사는 것이라 위로한다. 오직 생존과 종족 번식의 본능만 지닌 미물은 삶의 가치가 없는 것일까? 하찮고 볼품없는 생명체도 존재하는 이유가 있으며, 살아가는 모습 그대로 존중받아야 한다.

몇 달 전 시골에서 쌀을 가져왔는데 보관할 곳이 마땅치 않아서 거실에 두었다. 그런데 얼마 전부터 방바닥에 작고 거무튀튀한 무언가가 하나둘씩 어지럽게 돌아다녔다. 자세히 살펴보니 쌀벌레라고 불리는 바구미였다. 보이는 족족 아무 생각 없이 물티슈로 쓱 문질러 휴지통에 버리거나, 그것도 귀찮을 때는 손바닥으로 때려잡아서 싱크대에 버리곤 했다.

그날도 소파에 앉아서 텔레비전을 보고 있었다. 때마침 작은 바구미 한 마리가 지나가서 들고 있던 효자손으로 몇 차례 때렸다. 그런

다음 설거지를 하고 다시 왔는데, 죽은 줄 알았던 녀석이 여전히 살아 꿈틀거리고 있었다. 안 되겠다 싶어서 다시 한 번 효자손으로 탁탁 내려친 다음, 모서리로 눌렀다. 바구미는 아무런 움직임도 없이 완전히 죽은 듯 보였다. 이따가 휴지에 싸서 버려야지 생각하고, 냉장고에서 간식을 찾아서 먹고 있었다.

그런데 얼마 뒤, 그 자리에서 또다시 뭔가가 움직였다. 진짜로 죽은 줄 알았던 바구미가 다시 꿈틀거리고 있었다. 상처를 입은 탓인지, 위험에 대한 본능적인 반응 탓인지 모르겠지만, 바구미는 살금살금 아주 조심스레 바닥을 기어가고 있었다. 나는 호기심이 생겨서 효자손을 장난삼아 방바닥에 내리쳤다. 바구미는 걸음을 바로 멈추었다. 소리를 들었나? 진동을 느꼈나? 흠칫 놀라 잔뜩 오므린 모습을 보니, 감각으로 아픔을 인지하고 있는 듯하다.

순간, 이 녀석을 꼭 죽여야 할지 갈등이 밀려들었다. 일단은 좀 더 자세히 들여다볼 일이다. 나는 휴대폰 손전등을 켜고 비춰보았다. 자세히 보면 딱정벌레를 닮았다. 작지만 의외로 강인한 외형을 가지고 있다. 코끼리 코처럼 기다란 주둥이는 끝이 뾰족하고, 등에는 우둘투둘 얽은 갑옷을 둘렀고, 날개도 달렸다. 여섯 개 다리는 미끄러운 물체 위에서도 잘 기어다니게끔 발끝이 가시처럼 날카롭다.

한동안 죽은 척 몸을 움츠리던 바구미는 다시 발을 놀렸다. 주변에서 미세한 변화가 일어나면 얼어붙은 듯 미동도 없다가 어느 순간 어두운 곳을 찾아 숨기 위해 이리저리 움직이기를 반복한다. 나름대로 필사의 탈출을 시도하는 듯하다. 아무리 뛰어봤자 거기서 거기인데……

바구미는 사람에게는 해로운 곤충이다. 농부가 힘겹게 지은 쌀을 무전취식해서 좀먹는다. 한번 바구미가 낀 쌀은 순식간에 아수라장이 된다. 녀석들은 쌀알을 먹어치우고, 또 쌀알 속에 구멍을 뚫어서 유충을 낳는다. 유충은 쌀을 녹여 먹으며 자라 번데기가 되고, 번데기는 다시 성충이 되어 쌀알을 뚫고 나온다. 이 과정에서 쌀은 잘게 부스러지고, 밥을 지어도 찰기가 사라진다. 바구미를 잡아내는 일은 여간 성가시지 않았다. 쌀알보다 몸집이 작으니, 쌀을 얇게 펴 널어놓고 손가락으로 하나하나 집어내는 수밖에 없었다.

눈에 보이는 바구미를 다 잡아내도 며칠 뒤에 다시 거무튀튀한 녀석들이 출몰했다. 쌀알 속 유충이 그사이 성충이 된 탓이다. 농부들에게, 쌀을 주식으로 하는 사람들에게 바구미만큼 얄밉고 괘씸한 곤충이 또 있을까?

어릴 적 우리 집에서도 늘 바구미 때문에 골치를 앓았다. 쌀독에 마늘과 고추, 참숯 따위를 넣어봐도 녀석들을 아주 없애지는 못했다. 어머니는 밥을 안치려고 쌀을 씻을 때마다 거무튀튀하게 떠오르는 바구미를 보면서 혀를 끌끌 차고는 했다.

바구미가 너무 많이 끼어서 밥을 해 먹을 수 없는 지경이 되면 어머니는 쌀을 볕이 잘 드는 마당에 펴 널었다. 바구미는 햇빛을 싫어해서 그늘로 피하려고 꼼지락거리며 쌀 밖으로 나왔다. 이 녀석들을 하나씩 골라낸 다음 가래떡을 만들었다. 바구미 덕분에 맛있는 간식거리가 생겼던 셈이다.

사람에게 해로운 곤충이지만, 바구미는 바구미로 태어나 바구미로 살아갈 뿐이다. 어쩌다 보니 쌀포대에서 빠져나왔고, 몸 숨길 곳 없는 환한 공간에서 예상치 못한 충격이 들이닥쳤고, 절체절명의 위험에 빠졌다. 어떻게든 살아보려고 몸부림을 친다. 오직 살고자 하는 본능이 꿈틀댄다. 삶과 죽음의 경계에 있다.

바구미가 생각이란 걸 할 수 있다면 지금 무슨 생각을 할까? 그냥 다 포기하고 드러눕고 싶을까? 알 수 없는 폭력의 주범을 향해 분노와 울분을 쏟아내고 싶을까? 살고 싶다고 간절하게 기도하지 않을까? 어떤 경우라도 더는 소용없다. 바구미의 처지는 냉정한 나의 마음에 전혀 울림을 전하지 못한다. 바구미 한 마리 죽었다 한들 누구 하나 슬퍼하거나 위무하지 않을 것이다. 그저 하찮고 별 볼 일 없는 해프닝일 뿐이다. 아무도 거들떠보지 않는 작은 생명이 스러질 뿐이다.

나는 가벼이 일어나 휴지를 한 장 뽑았다. 그리고는 작은 바구미를 휴지에 싸서 집어 들었다. 그대로 손가락에 조금만 힘을 주어 짓이기면 끝이다. 하지만 나는 창문을 열고 휴지를 털어 바구미를 살려 보냈다. 왜 그랬는지 잘 모르겠다. 생명에 대한 깊이 있는 성찰이나 바구미에 대한 연민이 나의 행위를 결정한 것은 아니었다. 그냥 얼마나 더 살지는 모르겠지만 좁은 방바닥에서 죽는 것보다 더 나을 듯싶었다. 바구미가 운이 좋았던 것인지 아니면 내가 운이 좋았던 것인지 모르겠다.

나는 살면서 얼마나 많은 살생을 하고 살았던가? 내 손으로 죽인 곤충들은 그 수를 헤아릴 수 없다. 어린 시절 별다른 놀이가 없다 보니 들녘에 나가서 무수히 곤충들을 죽였다. 고추잠자리 날개를 꺾고, 매미를 실에 매달고, 풍뎅이 다리를 몽땅 부러뜨리고, 개구리를 겨냥해 돌을 던지고, 귀뚜라미, 메뚜기, 사마귀, 개미들도 무사하지 못했다. 지극한 애도가 없는 단지 유희였다. 나는 그들의 죽음을 주관한 냉혈한이면서도 집에서 키우던 개를 개장수에게 팔아버리자 무슨 청승인지 밤새 눈물을 흘리기도 했다.

나도 누군가의 봄이 되고 싶다

    자연의 변화는 경이로움과 기적의 연속이다. 규칙과 불규칙이 조화를 부리는 자연현상을 글로 표현하기란 무모해 보인다. 나이가 들수록 자연의 순리 앞에서 새삼스레 겸허해진다. 태양이 뜨다가 지고, 달이 뜨다가 지고, 온갖 날씨가 변화무쌍하게 조화를 부린다.

    늘 지나가는 계절이지만 사라졌다가 어김없이 반드시 찾아온다. 계절의 시작은 봄이다. 봄은 생명의 부활처럼 새싹이 돋아나고 온 대지를 싱그러움으로 채색한다. 겨울 추위에 지치고, 숱한 감기에 몸서리치다 보면 나에게 비로소 봄은 희망이 된다.

    봄이 되면 작은 마당에는 갓 태어난 병아리들이 어미 닭의 뒤꽁무니를 따라다니며 노닌다. 닭장 속에는 긴 겨울을 지내고 태어난 병아리들이 난생처음 따스한 봄볕과 새싹 향기를 만끽한다. 닭들의 움직임이 갑자기 소란스럽다. 언제부터인가 참매가 하늘을 낮게 맴돌고 있었기 때문이다. 어미 닭은 다급하게 병아리들을 품속으로 불러 모은다. 닭은 생존을 위해 한시도 긴장을 놓지 않아야 한다. 주변은 늘 위험천만한 천적이 호시탐탐 기회를 엿보고 있다. 밤에는 족제비들이 기승을 부렸고, 낮에는 고양이, 개들의 먹잇감이 되기도 했다. 한순간 방심하면 포근한 봄을 잃는다.

뒤뜰에는 개나리꽃이 피어나고 뒷산에는 철쭉과 진달래꽃이 가득하다. 개나리꽃을 꺾어서 꽃병에 담아두면 방안이 봄의 정취로 가득해진다. 진달래꽃을 한 움큼 따서 입에 넣으면 진달래 향과 함께 시큼하면서도 약간의 달짝지근한 맛이 난다. 어머니는 진달래꽃을 잔뜩 따다가 말려서 술을 빚었다. 초봄이 지나면서 냇가에는 버드나무 가지가 자태를 뽐낸다. 우리는 얇은 나뭇가지로 피리를 만들어서 학교에 도착할 때까지 요란하게 불어댔다. 음정도 박자도 없는 풀피리 소리가 왜 그리 신나고 흥겨웠을까.

봄이 되면 아버지는 햇빛 잘 드는 대문 앞에 앉아서 들녘을 바라보셨다. 또 동네 어귀까지 왔다 갔다 하면서 혹시나 대처에 나간 자식들이 오려나 기다리곤 하셨다. 아버지가 돌아가신 뒤에도 아버지의 낡은 의자는 나른한 햇살을 쬐며 가족들을 기다린다. 아버지의 의자는 자식들에 대한 그리움과 봄에 대한 간절한 기다림으로 누렇게 물들어 여전히 그 자리를 지키고 있다.

들판을 뒤덮었던 들풀은 겨울이 되면 모두 사라진다. 들풀은 죽은 게 아니라, 땅속에 씨앗과 뿌리로 숨어서 봄이 되기를 끈질기게 기다린다. 농촌에 봄이 오자 황량했던 들판에는 생기와 더불어 새싹이 돋아난다. 부지런한 농부들은 썩은 볏짚의 흔적을 지우고, 묵은 땅을 새로이 갈아엎는다. 마을 앞 철새들 놀이터였던 논에는 하얀 비닐이 덮인 못자리가 하나둘씩 들어선다.

나는 부모님 손때가 묻은 허름한 농기구를 창고에서 꺼내 말끔히 씻었다. 부모님과 추억이 고스란히 밀려왔다. 가족들이 힘을 합쳐서 며칠 전 싹을 틔운 볍씨를 낡은 모판에 촘촘히 흩뿌렸다. 형은 고생한 식구들을 위해 생전의 엄마가 그랬듯이 갓 뜯어온 신선한 쑥으로 만든 쑥떡을 바리바리 싸준다. 마당 귀퉁이에는 어머니가 살뜰히 보살핀 붉은 모란꽃이 활짝 피고 있었다.

오늘따라 평생 농사일을 하셨던 부모님이 너무 그립다. 빈자리가 애달프다. 그렇게 봄이 흘러가고 있다.

우리나라의 계절은 겨울과 봄 사이에 꽃샘추위가 꼭 기승을 부린다. 추위가 물러갔다고 자칫 방심하면 겨울이 다시 몰려온다. 봄이 시작되는 들녘은 하얀 눈의 자취가 군데군데 남아 여전히 겨울이 가기 싫은 듯 아쉬운 그림자가 서성대고 있다. 겨울은 물러나지 않겠다며 가끔 찬바람을 일으켜보지만 부질없다. 계절 앞에서는 누구나 평등해진다.

인생 또한 마찬가지다. 모든 일이 순조롭게 잘 풀리고 있다고 마음을 놓으면 갑자기 어려움이 닥치거나 자칫 실수하는 법이다. 방심하는 순간 날카로운 비수가 꽂히고 괴로움에 처한다. 잘나가고 승승장구할 때는 겸손해야 하고, 잘 안 풀릴 때는 의기소침하거나 기죽을 필요가 없다.

봄의 언저리에서 스산한 기운이 지나가고 있다. 나이가 들수록 차가운 바람이 몸에 들어오며 마음과 함께 시려온다. 그리하여 봄을 간절히 기다린다. 봄은 언제나 그렇듯 반복되지만, 나이를 먹을수록 전혀 예사롭지 않게 다가온다. 누군가에게는 시련의 시간을 버텨내고 새로운 삶을 시작하는 계기가 된다. 마침내 겨울을 이겨낸 매화꽃이 꽃망울을 드러내고 개나리가 담장 아래에서 오지게 피어오른다. 숱한 추위와 눈보라를 온몸으로 버티고 결국에는 아름다운 꽃으로 자신을 드러낸 것이다. 고난을 견디고 이겨내면 반드시 빛나는 날들이 찾아온다.

삭막한 도시에도 봄은 온다. 도시의 봄은 가로수에서부터 시작된다. 가로수가 싱그러워지고, 벚꽃이 흐드러지게 피어나면서 광주천에 하얀색, 분홍색 물결이 번진다. 봄볕은 맑게 빛나고, 선선한 바람에 수많은 꽃비가 날린다. 작은 벚꽃 잎 하나가 바람에 실려 내 마음속에 머물다가 사라진다. 지나가는 사람들의 발소리에 봄이 달아날까 괜히 손사래 쳐본다. 봄비를 맞는다. 봄비에 취하니, 어느새 봄이 익어간다.

새벽녘, 적막을 깨는 빗줄기 소리에 잠을 깼다. 머릿속은 괜한 근심 걱정으로 어지럽고 몸은 무겁고 아프다. 겨우 정신 차리고 출근하는데 상일여고 앞 담장에 핀 철쭉꽃이 눈에 띈다. 하루하루 아무 생각 없이 지나다녔는데, 비가 갠 후의 철쭉꽃들이 더욱 아름답고 깨끗하다. 걸음을 멈추고, 가만히 꽃들을 바라보았다. 이 회색빛 도시의 틈바구니에서 추위를 참아내고, 비바람을 이겨내고, 매캐한 자동차 매연을 견뎌낸 것이다. 긴 겨울을 버티고, 드디어 화려하게 꽃을 피워낸 것이다. 대견하고 고맙다. 이들은 내 발소리에 놀라기도 하고 때론 반가워하면서 자라지 않았을까? 지난해에도 지지난해에도 하루도 빠짐없이 이 거리를 지나다녔으니 나를 기억해주지 않을까? 봄꽃들 덕분에 무거웠던 몸과 마음이 한결 가볍고 경쾌해졌다.

봄을 만끽하려고 오랜만에 산행에 나섰다. 가는 길목마다 진달래꽃이 화려하게 피었다. 그런데 몸이 예전 같지 않다. 산길을 올라갈수록 마음과는 달리 발걸음이 무거워졌다. 그냥 포기하고 싶은 마음이 간절했다. 무등산 초입의 덕산골을 지나서 바람재를 넘어오니 온몸이 땀으로 가득 찼다. 가쁜 숨을 달래고 내리막길에 나서니 비로소 발걸음이 한결 수월하다.

덕산너덜 전망대에서 잠시 쉬면서 산 아래의 전경을 눈으로 담았다. 완연한 봄기운이 산허리를 휘어감고 있었다. 토끼등을 지나서 오늘의 목표지점인 중머리재에 도착했다. 이미 봄 소풍을 온 학생들이 옹기종기 모여서 점심 도시락을 먹고 있었다. 학생들을 보니 내 학창 시절이 생각난다. 고등학교 소풍 때는 이 길을 뛰다시피 거뜬히 올라왔는데, 나이 들어 올라오니 다리가 후들거린다. 그래도 내려오는 길

에는 괜찮은 척 씩씩한 척 발걸음을 옮겼다. 봄에 대한 최소한의 예
의는 지킨 셈이다.

봄을 사람의 인생과 비교하면 청춘의 시절일 것이다. 청춘일 때는
청춘의 소중함을 잊어버리고 간과한다. 나이가 들고 뒤늦게 후회해도
소용없다. 청춘의 시절에 젊음의 풋풋함과 생동감을 마음껏 즐기고,
숱한 가능성과 자잘한 실패까지 기꺼이 경험해야 한다.

인생은 언제나 봄날로 채워지지 않는다. 삶을 온전히 즐기며 행복
하기란 여간 어렵지 않다. 젊은 시절에 봄기운을 몸에 가득 채워놓아
야, 막막하고 막다른 길을 견뎌낼 자양분이 되고, 또 다른 인생의 봄
을 맞이할 수 있다.

나는 항상 봄 햇살처럼 살 수 없지만, 내 인생의 봄날을 기다리면
서 하루를 견디고 웃음을 잃지 않으려고 애를 쓴다. 나이가 들수록
일상의 작은 것들이 소중하다. 이 세상에 태어나 살아 숨 쉬는 것만
으로 크나큰 축복이고, 살면서 느꼈던 아픔과 슬픔도 삶의 한 조각
이다. 세상의 보이는 것들, 들리는 것들, 느끼는 것들이 예사롭지 않
다. 삶은 기적의 연속이다. 지금의 봄을 즐겨야 한다. 나도 누군가의
봄이 되고 싶다.

인생은 여름처럼 살아야
제맛이다

뜨거운 햇빛이 얼굴을 스치고 지나간다. 여름이 시작되었다는 신호다. 다른 계절에 비해 여름은 성격이 급하다. 지나간 봄을 그리워할 시간도 없이 새로운 생명을 잉태한다. 떨어진 꽃잎 자리에 새로운 열매를 맺는다. 여름은 성장의 힘을 가지고 있다. 바야흐로 생명이 익어가는 계절이다.

여름의 길목에서 생명들은 분주해지고, 덩달아 마음이 달아오르고 선명해진다. 사람도 몸을 바싹 움직이면 허접하고 잡다한 생각이 잦아드는 법이다.

봄에 심었던 새싹들이 자라나고, 열매를 맺기 시작한다. 시골집 텃밭에는 복숭아가 익어가고 고추, 가지, 오이, 옥수수가 무럭무럭 자라난다. 어머니가 계실 때에는 오이를 많이 심었다. 지금 같은 개량종 오이가 아닌 크고 노랗게 익어가는 재래종이었다. 주로 밭두렁에 심었는데 처음에는 한두 개씩 자라다가 나중에는 금방 늘어나서 바구니 가득 따서 가져오기도 했다. 더운 날씨에 오이를 따서 먹으면 갈증 해소에 제격이고 포만감도 있어서 여름철 별미였다. 어린 시절 옥수수는 매일 먹는 주식에 가까웠다. 옛날 옥수수는 매우 딱딱하고 거칠었다. 지금처럼 부드럽거나 감칠맛이 없고 식감이 별로였지만 특별히 먹거리가 없는 탓에 한 끼 식사로 이만한 게 없었다.

옥수수는 찌는 노하우에 따라서 천차만별인데 어머니는 늘 소금 간을 적당하게 해서 짭짤한 맛이 있었다. 어릴 적 옥수수 입맛에 길들어진 탓인지 요즘 길거리나 가게에서 파는 옥수수는 너무 밋밋하거나 단맛이 강해서 입에 맞지 않는다.

뜨거운 한여름에는 미숫가루에 사카린을 타서 주전자에 담아 놓았다. 몸에 해로운 줄은 생각 못하고, 나는 틈만 나면 주전자 주둥이에 입을 대고 들이켰다. 갈증과 허기를 동시에 해결하는 마법 음료수였다. 여기에 시원한 물로 등목이라도 할라 치면 더위가 싹 달아났다. 물론 모기들 등쌀에 피부는 성할 날이 없었다.

내가 살았던 동네는 농사짓는 농촌이었지만 여름철 과일을 재배하지 않아서 복숭아, 수박이 귀했다. 특히 수박을 사려면 집에서 멀리 떨어진 '잠실'이라는 곳까지 가야 했다.

나는 기꺼이 땀을 뻘뻘 흘리면서 긴 마대자루에 담은 수박을 들고 왔다. 이 수박을 우물에 담가두었다가 꺼내서 먹을 생각에 힘든 줄을 몰랐다. 어둠이 어스름하게 깔린 저녁 무렵, 온 가족이 평상에 옹기종기 앉아서 먹었던 수박 맛을 나는 여전히 잊을 수 없다.

집에서 그리 멀지 않는 곳에 있었던 시골 초등학교는 작고 아담했다. 동창생은 겨우 25여 명에 불과했다. 학교 다닐 때 우리들이 심었던 단풍나무와 벗나무는 흔적도 없이 사라졌다.

학교는 학생이 없어서 오래전에 폐교되었다. 몇 해 전에 초등학교 건물을 허물고 신축 건물을 짓는다고 한동안 부산스러웠다. 그런데 건물을 짓다가 부도가 나서 공사가 중단되더니, 그 터에 지금까지 흉물스럽게 남아 있다. 가끔 초등학교 앞을 지나갈 때면 친구들과 함께 뛰놀던 기억이 새록새록 떠오르고 애잔한 마음이 가득하다.

여름철에 선생님은 위생점검을 해서 씻지 않는 남자아이들 몸통에 유성펜으로, '목욕합시다'라고 큼지막하게 썼다. 그러면 우리는 학교 앞 냇가에 가서, 납작한 돌멩이와 나뭇잎으로 몸을 박박 문질렀다. 피부가 벌겋게 달아오르고 가려웠지만, 잘 씻지 않는 더러운 아이라고 손가락질받는 것보다는 나았다.

친구들은 하나둘씩 도시로 떠나고 간간이 연락했던 친구들마저 멀어져 갔다. 그러다가 인터넷 커뮤니티 사이트 '아이러브스쿨'이 크게 유행하면서, 우리도 다시 연락을 주고받았다. 그 후 친한 친구들이랑 가끔 만나서 식사도 하고 지난 이야기도 나누곤 한다. 어느 여름날, 초등학교 친구들과 제주도 여행을 갔다.

우리는 바닷가에서 같이 오지 못한 친구들 이름을 부르면서 실없이 웃고 떠들었다. 함께 했던 개현, 인순, 성자, 경순, 춘자, 재영, 행복

……. 촌스럽지만 추억 가득한 이름이다. 다들 외모는 가을을 닮아가고 있지만, 마음은 여름이었다. 제주도 푸른 바다를 헤치고 가는 유람선 선상에서 바닷바람을 맞으며 모처럼 번잡한 일상에서 벗어나 여유를 만끽했다. 세찬 너울성 파도에 몸은 이리저리 흔들려도, 마음은 확 트이고 시원했다.

저녁에 친구가 가져온 와인을 여러 잔 들이켜자 속이 알싸하고 알딸딸해졌다. 술에 취한 우리는 또 왁자지껄 웃고 떠들었다.

제주도 밤이 깊어가고 그 알 수 없는 감정을 바닷가에 남겨두고, 추억을 담아두고 왔다. 술과 친구는 오래될수록 좋다는 옛말을 실감한 여행이었다.

인생에서 여름은 시기를 정하기 애매하지만 30대부터 50대까지가 아닐까 싶다. 사회적으로 왕성한 시기이고 성숙을 향해 가는 길이다. 간혹 실패하더라도 꺾이지 않는 마음이 필요하다. 어떤 상황이건 기죽지 말고 당당하게 달려야 한다.

지금 무더운 여름이 흘러가고 있다. 아니 머물고 있다. 오락가락했던 장맛비도 시들해지고 조만간 무더위도 한풀 꺾이고 선선한 바람이 불어올 것이다. 뜨거운 여름을 애써 피하기보다는 이열치열 보내야 한다. 인생 또한 치열하게 살아야 제맛이다.

미황사에서 가을을 앓다

어릴 때 나는 가을이 가장 싫었다. 나의 가을은 여유가 없었다. 고된 농사일만 있었다. 가장 힘들었던 기억은 아무래도 농약 치는 일이었다. 예전 농약 치는 기계는 사람이 직접 펌프질을 해야 했다.

나와 형은 농약 기계 펌프 손잡이를 배의 노를 젓듯이 앞뒤로 움직였다. 여러 번 움직이다 보면 팔뚝이며 어깨가 묵직해지고, 농약 냄새에 취해 어지러웠다. 게다가 농약 탄 물통에 물이 떨어지면 먼 둠벙까지 가서 물을 길어 와야 했다. 고무 양동이에 물을 가득 담아서 논둑을 내달리면 숨이 턱턱 차오르고 온몸이 물에 빠진 생쥐처럼 젖었다. 온종일 농약 치는 일을 돕다 보면 입에서 농약 냄새가 났다.

농촌의 가을은 분주하다. 농약 치는 일은 백 가지 농사일 중 하나일 뿐이다. 부모님은 가을 농사 중에서 벼농사 다음으로 고추 농사에 온갖 정성을 쏟으셨다. 현금을 만들기 어려운 농촌에서 고추는 쏠쏠한 수입원이었다.

엄마는 정성 들여서 고추를 말린 다음 송정 오일장에 내다 팔았다. 고추를 판 돈으로 자식들 학비를 내고, 식량이 될 만한 국수와 라면을 사 왔다. 라면은 농번기 비상식량이자 아이들이 가장 좋아하는 음식이었다. 집집마다 라면은 귀한 대접을 받았으며 우리 집도 마찬가지였다. 라면은 아주 비싸지는 않았지만 가난한 집안 형편 때문에 마음껏 먹을 수는 없었다.

어머니는 라면을 광에 넣어두고 늘 열쇠를 채웠다. 그러고는 가끔 온 가족이 매달려 일하는 날에 라면 사리 2개 정도 넣고 나머지는 국수를 가득 넣어서 양을 부풀렸다. 어머니 덕분에 우리 식구는 라면 맛 국수로 실컷 배를 채울 수 있었다. 우리는 아주 가끔 어머니가 열쇠 잠그는 걸 깜빡한 날에 광에 들어가서 생라면을 꺼내 스프를 발라 먹는 행운을 누릴 수 있었다. 까무러칠 만큼 맛있었지만, 그런 운 좋은 날은 한 달에 한두 번 이상 찾아오지 않았다.

고추가 하나둘 빨갛게 익을 때쯤부터 엄마는 하루가 멀다 하고 총동원령을 내린다. 고추밭으로 간 우리는 한 두렁씩 맡아서 고추를 따기 시작하는데, 나는 늘 맨 마지막에 도착했다. 키가 작았던 나는 고추밭에 푹 파묻혀 연신 눈물 콧물을 흘렸다. 고추는 아무리 따도 줄어들지 않았고, 내 눈물샘도 마르지 않는다는 사실을 깨달았다.

고추를 말리는 일도 어지간히 부지런하지 않으면 안 된다. 먼저 아침에 덕석이나 너른 포장을 펴고 고추가 겹치지 않게 군데군데 듬성듬성 널었다. 혹시나 비가 와서 고추가 젖으면 한 해 고추 농사를 망치게 된다. 그러니 한눈팔지 않고 지켜야 한다. 어느 날 비가 오는데도 나는 공부한다는 핑계로 방 안에서 나오지 않았다. 하루 종일 고추를 말려야 하는 처지가 심술 나서 비가 뻔히 오는 것을 알면서도 그냥 내버려 둔 것이다. 당연히 마당에서 말리던 고추는 비에 흠뻑 젖었다. 그날 저녁 일터에서 돌아온 부모님의 무시무시한 성화를 아직도 잊지 못한다.

장마철에는 아궁이에 불을 지피고 고추를 안방에서 말렸다. 매운 냄새가 진동하고 눈은 따끔거리고 머리는 질끈질끈 아파왔다. 그런 방에서 잠을 자고 생활했다는 게 지금 생각해도 아찔하고 믿기지 않는다.

이 밖에도 나는 날마다 소 먹일 풀을 리어카 가득 채워야 했고, 곡식을 추수하던 농번기에는 눈코 뜰 새 없이 바삐 움직여야 했다. 농촌에서는 학교에 들어갈 나이쯤이면 장정 한 사람 몫을 해내야 했다. 이런 이유로 내 유년의 가을은 고된 노동의 기억으로 가득하다.

하지만 완숙하고 풍성한 가을빛은 고달픈 일상의 무게를 너끈히 덜어준다. 농약 기계를 젓다가 문득 고개를 들었을 때 눈앞에 펼쳐진 황금빛 들녘과 단풍으로 물든 산천은 지친 몸을 어루만져주었다. 고추를 따다가 아픈 허리를 펴는 순간 짙푸른 하늘을 배경으로 열매가 주렁주렁 달린 대추나무와 그 아래 은빛 출렁이는 갈대들은 어떤 그림보다 아름다웠다.

무엇보다 나는 가을에 피는 코스모스가 참 좋았다. 코스모스는 지천으로 피었다. 구불구불한 신작로 길가에 코스모스가 가득 피었

다. 가끔 지나가는 차가 먼지를 일으켜 코스모스를 흔들고 사라진
다. 신작로는 깊어진 하늘과 익어가는 들녘 사이로 아스라이 사라져
갔다. 그토록 눈 시린 풍경이라면 누구라도 시인이 된다. 한적한 골목
길에도 코스모스가 얼굴을 내민다. 작은 꽃잎은 여리고 가녀리지만
단아하고 고고한 자태를 뽐낸다. 게다가 함께 어울려 피면 알록달록
색깔이 어우러져 화려하고 풍성하다.

　하루는 학교 수업을 마치고 책가방을 흔들며 집으로 돌아가는 길
이었다. 코스모스꽃 안에 작은 벌이 꽃향기에 취한 채 앉아 있었다.
나는 호기심에 손으로 감싸다가 벌에 쏘였다. 처음에는 따끔하더니
시간이 갈수록 통증이 심해졌다. 손이 퉁퉁 부었다. 엉엉 울면서 집
에 들어가니 엄마가 부은 손에 된장을 잔뜩 발라주었다. 이렇다 할
약이 없던 시절에는 상처가 나면 무조건 된장을 발랐다. 만병통치약
이었다. 된장 덕분인지는 모르겠지만, 상처가 나은 나는 다시 코스모
스 길을 활개 치고 다녔다. 코스모스를 색깔별로 꺾어 꽃다발을 만
들어서 엄마에게 건네주었다. 햇볕에 그을린 엄마 얼굴이 한순간 환
해졌다.

　가을 운동회가 열리는 날이면 엄마는 김밥과 음식을 바리바리 준
비하셨다. 아버지도 무심한 척하면서도 같이 구경 오셨다. 가을바람
이 운동장을 가로질러 설치된 만국기를 힘차게 흔들고 지나갔다. 학
생들은 청군, 백군 나뉘어 머리띠를 묶고 열띤 응원을 펼쳤다. 학년
달리기, 차전놀이, 풍선 터트리기 게임이 끝나면 옷은 땀과 흙먼지를

뒤집어썼다. 몸을 많이 움직인 탓에 점심 때쯤 배는 이미 등가죽에 달라붙어 꼬르륵 신호를 보냈다. 그늘진 곳마다 가족끼리 마을끼리 자리를 잡고 음식을 차렸다. 형과 나는 자랑스레 상으로 받은 공책을 보여주었고 부모님은 환하게 웃으며 대견해하셨다. 엄마표 김밥은 운동회나 소풍날 아니면 맛볼 수 없었다. 우리는 양손으로 김밥을 집어 들고 입안에 마구마구 집어넣었다. 엄마는 갑자기, "막뚱이 운동복 하나 사 입힐 것인디 그랬시야" 하면서 눈시울을 붉혔다.

몸집이 작은데 형이 물려준 큰 옷을 입고 뛰다 보니 자꾸 바지를 움켜잡고 뛰는 모습이 짠했던 모양이다. 사실 나는 그게 아무렇지 않았다. 또래 친구들도 다들 나와 꼬락서니가 비슷했으니까, 부끄러울 것도 부러울 것도 속상해할 것도 없었다. 어쨌거나 나는 엄마의 그 환하고 따스하던 눈물을 마음에 새겼다. 가을은 유난히 어머니 얼굴과 겹친다.

가을을 버티게 해준 또 다른 힘은 풍요로움이었다. 들녘의 벼가 고개를 숙이고 대추가 붉게 익어간다. 봄부터 싹을 틔운 식물은 연약한 뿌리를 내리고, 여름을 지나서 태풍을 만나고, 장맛비에 흠뻑 젖었다. 세찬 바람에 연약하고 설익은 꽃과 열매들은 떨어지고, 운 좋고 튼실한 열매들이 마지막까지 남는다. 이런 인고의 시간을 거치고 맞이한 가을은 깊고 그윽하고 넉넉하고 푸근하다. 아버지는 정금나무로 만든 도리깨로 콩타작을 하면서 긴 하루를 보내었다.

추석이 다가오면 나는 요즘에도 올게쌀 생각에 입맛을 다신다. 올게쌀이란, 추석 때 벼를 수확하기 전이라 쌀밥을 준비할 수 없었기에 벼를 조금 일찍 수확해서 쪄서 만든 쌀을 말한다. 올게쌀로 지은 밥은 딱딱하고 찰기가 없는 편이지만, 생찐쌀로 먹으면 씹을수록 담백하고 고소한 맛을 느낄 수 있다. 가을의 풍요를 알리는 포만감이었다. 추석에 온 가족이 모여 송편을 빚고, 차례를 지냈던 모습이 아련하다. 우리 세시풍속이 대부분 사라져가는데도 추석만큼은 오늘날까지 공동체의 생활문화로 뿌리내리고 있는 데는 그만한 이유가 있다.

아쉽게도 중년의 가을은 계절만큼 쓸쓸하고 쓸쓸하다. 사무실 창밖으로 보이는 무등산 정상에 구름이 걸려 멈칫하고 있다. 어둑해진 퇴근길 가을비가 옷깃을 스치고, 가뜩이나 움츠린 마음을 헤집고 후빈다. 바람에 우산이 휘청이고 흩날리는 빗방울이 내 옷자락에 흔적을 남긴다. 휑한 가로수 나무 아래에는 젖은 낙엽들이 처량히 나를 쳐다본다.

화려한 단풍이 사실은 나무의 한 생애를 마감하는 마지막 불꽃임을 알아버린 나는 어느 작은 물웅덩이에 떨어진 낙엽들에 감정 이입해서 허우적댄다. 이 시기를 지나면, 나에게도 황혼이 드리우고 스산한 바람이 불어올 것이다. 고독한 위기를 몸으로 체감 하는 중년은, 부질없는 짓인 줄 알면서 발버둥 친다. 그 몸부림은 동물적 본능에 가깝다. 그래서 목표를 잃어버리고, 줏대 없이 이리저리 헤매고, 남들 꽁무니를 쫓고, 주변 눈치를 살피고, 근거 없는 우월감과 쓸데없는 열

등감 사이를 오르내린다. 사회적으로 안정된 직장과 지위를 가진 듯한 중년들도 자세히 들여다보면 텅 빈 껍데기로 살아간다.

엄마가 돌아가신 후 유난스레 가을을 심하게 앓았다. 뒤엉킨 낙엽처럼 바닥을 헤매는 나를 누군가 광주에서부터 해남 미황사까지 들쳐메고 내려왔다. 망가진 육신은 계단 하나에 거친 숨을 한 번씩 내뱉었다. 마치 내 삶의 무게처럼 가팔랐다.

내 안에 무언가를 채우기 위해 찾아왔지만, 오히려 희미해져 갔다. 어둠 속 보름달이 얼굴을 내밀고 산등성이에 밤안개가 피어올랐다. 대웅전 앞에 붉은 등불이 너는 왜 왔느냐고 물었다. 나는 답을 찾지 못해 고개를 숙였다. 등불이 꺼지고 어둠이 다시 내려앉았다. 쉬이 잠이 오지 않았다.

새벽 범종 소리가 나를 깨우고 백팔번뇌는 여전했다. 스님의 청아한 불경 소리와 목탁 소리가 잔잔히 울려퍼지고, 속절없는 나는 자꾸 뒤를 돌아보았다. 늦가을 미황사 뒤뜰에 내 발자국이 어지러웠다.

가을이 무심코 지나가던 어느 날, 나는 어머니의 흔적을 찾아서 다시 남쪽 대흥사로 향했다. 그곳에는 붉고, 노란 단풍잎들이 흐느끼고 있었다. 이미 떨어진 낙엽들이 내 발치에서 바스락거리면 부서졌다. 가을 산사는 고즈넉하고, 때로는 쓸쓸했다. 조용히 나를 맞이해 주는 부처님께 삼배를 하면서 무수한 그리움을 내뱉었다. 그러다 문득 내가 아직 무엇 하나 내려놓지 못하고 있다는 사실을 깨달았다.

추억도 욕망도 사사로운 감정도……. 나무는 가을에 시든 잎과 결별해야 겨울을 지낼 수 있다. 계절을 거스를 수 없다면 차라리 겨울을 준비하는 게 현명하다. 적어도 가을을 부여잡고 매달리는 추한 모습을 보여서는 안 된다. 겨울이 오기 전에 나는 가을을 잊어야 한다.

산사를 나서는데, 어귀에서 어린 시절의 엄마를 꼭 닮은 귀엽고 어여쁜 소녀가 나를 지켜보고 있었다. 괜스레 손을 흔들면 알은체했다. 옛날 어머니와 함께 그 길을 걷던 기억에 마음이 아려왔다. 그 시절로 돌아갈 수 없다는 사실이 가슴 아팠다. 여전히 나는 가을앓이 중이다.

나를 지나간
그 많은 겨울들

시골의 겨울은 매섭고 추웠다. 땅이 얼고 살얼음이 얼고 첫눈이 내린다는 소설(小雪)을 시작으로 본격적인 겨울이 시작된다. 겨울 추위는 배고픔과 함께 삶의 처절함을 일깨웠다. 북풍한설이 초가집에 몰아치기 시작하면 어머니는 분주해졌다. 행여 우물이 꽁꽁 얼까 봐 미리 커다란 대야에 물을 가득 담아 부뚜막 옆에 두었다.

눈보라가 세차게 불어오자 어머니는 식구들 감기와 살림 걱정으로 쉬이 잠들지 못했다. 문풍지 사이로 차가운 공기가 스며들었다. 부엌에서 아침밥을 준비하는 어머니의 고단한 하루는 이른 새벽부터 시작되었다. 전기밥솥이나 세탁기가 없는 시절이어서 엄동설한의 식사 준비나 빨래는 무척 고되고 신산했다.

월동 준비 역시 수월하지 않다. 서둘러 김장을 하고, 메주를 쒀야 하고, 문짝의 낡고 해진 문풍지를 교체하고, 남겨진 무를 땅속에 묻고, 농촌의 겨울 준비는 늘 시끌벅적 분주하다. 메콩을 군불에 2시간

정도 익힌 후 절구통에 넣고 찧는데 메주를 만들기 전에 먹는 콩의 담백한 맛은 허기진 배를 달래 주었다. 네모 반듯하게 만든 메주를 방안에 가지런히 뉘어 놓으면 어머니는 이미 된장이 만들어진 것처럼 뿌듯해하셨다.

특히 늦가을부터 땔감을 준비하느라 분주했다. 당시에는 지금과는 달리 죄다 민둥산이어서 땔감나무를 구하기가 쉽지 않았다. 어머니와 형과 나는 눈이 오기 전에 마을 주변 산속 깊이 올라 들어가서 불쏘시개용으로 쓰이는 갈퀴나무를 부지런히 모아서 가져왔다.

갈퀴나무는 갈퀴로 긁어모은 검불이나 낙엽, 솔가리 같은 땔감이다. 또 죽은 소나무 가지를 줍고, 싸리나무와 가시나무를 베어서 부엌에 차곡차곡 쌓아 놓았다. 그사이 아버지는 아주 먼 산까지 가서 장작으로 쓸 만한 굵직한 소나무, 참나무를 벌목해왔다.

아버지는 작은 체구의 몇 배가 넘는 나뭇짐을 지게에 지고 오셨다. 그렇게 몇 날 며칠 고생해야 따뜻한 겨울을 날 수 있었다. 가끔 면사무소나 군청 산림과 직원들이 나와서 벌목한 나무를 조사하거나 단속했다. 아마도 무분별한 벌채를 막고 산림보호 차원에서 그러한 듯싶다. 단속원들이 뜨면 워낙에 무섭게 다그쳐서 온 동네가 화들짝 놀라 뒤집히곤 했다. 우리 집도 서둘러 나무들을 뒷산으로 숨겨야 했다.

어느 정도 땔감이 마련되면 식구들은 따뜻한 온돌방에서 화투를 치곤 했다. 긴 겨울 무료한 시간을 보내기에는 화투가 안성맞춤이었다. 군고구마와 삭힌 김치, 동치미를 함께 먹으면서 즐거워 했고 또 치열하게 화투에 빠져들었다. 가끔 이른 저녁에 시작한 화투판은 분위기가 달아올라 밤늦게까지 이어졌다. 언제나 아버지가 이겼다. 화투를 치다 보면 치열한 신경전과 두뇌 싸움이 필요하다. 아무리 식구끼리 친다고 해도 우리는 저마다 승부욕을 불태우며 온갖 술수와 기술을 발휘했다. 밑장빼기는 기본이고, 화투패를 몇 장 더 가지고 가거나 바닥에 깔린 화투장을 몰래 가져가서 숫자가 맞지 않도록 했다. 그러다 보니 화투판은 부모님의 억지와 자식들의 투정이 겹쳐서 파투 나기 일쑤였다. 서로 다시는 안 볼 것처럼 등을 돌렸다가도 다음 날이면 우리는 어김없이 판을 펼치고 화투 삼매경에 빠졌다. 부모님과 격의 없이 함께했던 겨울밤이 늘 그립다.

겨울철에는 어머니가 해주시던 매생잇국이 유난히 생각난다. 해남이 고향인 어머니는 외할아버지 제삿날이면 그곳을 다녀오셨다. 오실 때는 항상 김과 매생이를 사 오셨는데, 당시에는 매생이가 보편화되기 전이라 동네에서 유일하게 우리 집에서만 매생이를 먹었다. 석화(생굴)를 넣고 뜨끈뜨끈하게 해서 먹으면 일품이었다. 요즘 가끔 식당에서 매생이를 먹기는 하지만 어린 시절 어머니가 끓여주시던 맛을 전혀 느낄 수가 없다. 마른 김 역시 귀한 음식이었다. 어머니가 아궁이 숯불에 김을 살짝 데워서 가져오시는데 아버지를 제외한 식구들에게는 김한 장씩만을 나눠줬다. 어리지만 꾀를 내서 김을 여러 조각 내서 밥한 공기를 거뜬히 먹었다. 가난했지만, 마음을 풍요롭게 채워주던 그맛을 아직도 잊을 수 없다.

겨울이 시작될 무렵, 초등학교 교실에는 제법 큼지막한 난로가 설치되었다. 학교에서 마련해놓은 조개탄으로는 턱없이 모자라, 학생들은 저마다 땔감나무를 가져왔다. 어쩌다 덜 마른 나무를 태울 때면 매캐한 연기가 순식간에 자욱하게 찼다. 선생님과 우리는 기침을 하고 눈물 콧물을 흘려야 했다. 우리는 창문을 열어 재빨리 연기를 빼냈지만, 외려 차가운 공기가 한순간에 밀려 들어왔다.

우리는 오들오들 떨면서 누가 젖은 나무를 가져왔냐며 볼멘소리를 지르곤 했다. 어쨌거나 불이 제대로 붙으면 난로는 교실을 아주 따뜻하고 훈훈하게 데워주었다. 우리는 양은 도시락을 난로 위에 얹어놓았다. 김이 모락모락 피어오르고 냄새가 코끝을 맴돌면 우리는 입맛을 다시며 쉬는 시간이 되기만을 기다렸다. 그 탓에 점심 시간까지 온전히 남아나는 도시락은 거의 없었다.

우리는 손꼽아 겨울방학을 기다렸다. 온갖 신나는 놀이가 기다리고 있었으니까! 우리는 하루 종일 팽이치기, 썰매 타기, 연날리기, 눈사람 만들기, 눈싸움 따위를 하며 놀았다. 이뿐일까. 꽁꽁 언 저수지에서 얼음을 깨고 낚싯줄을 드리워서 붕어를 잡았고, 논두렁 밭두렁에 불을 놓다가 옷을 태워 먹기도 하고, 마른 소나무 잎을 종이에 싸서 담배처럼 만들어 피우면서 마치 어른이 된 것처럼 으스댔다. 좀 더 큰 아이들은 틈만 나면 산에 올라가 토끼몰이를 했다.

운 좋게 토끼를 잡으면 구워먹는다고 야단법석이었지만 누린내 때문에 실상은 먹지 못하고 버리기 일쑤였다. 그 당시 우리들 옷차림이라고는 겨울옷이 따로 없고 긴팔 옷을 여러 겹 겹쳐 입는 게 전부였다. 덕분에 손과 얼굴은 동상에 걸려서 부르텄고, 콧물은 쉴 새 없이 흘러내렸다. 그러거나 말거나 우리는 온몸으로, 원 없이 겨울을 즐겼다. 한겨울 고드름 맛도 잊을 수가 없다. 정신없이 놀다가 온몸이 땀으로 흠씬 젖고, 갈증이 생길 때쯤 따 먹는 고드름은 최고의 간식이었다.

한번은 저수지에서 놀다 살얼음이 깨져 빠진 적이 있었다. 차디찬 물속으로 몸이 쑥 빨려 들어가는 순간 나는 어린 나이에도, '이제 죽는구나'생각했다. 천만다행으로 마침 지나가던 동네 형들이 건져줘서 무사히 나올 수 있었다.

크리스마스가 다가오면 카드를 만들어 선생님과 친구들에게 보냈다. 엉성하게 그린 그림이지만, 소복하게 쌓인 눈을 배경으로 자리 잡은 시골집 경치는 일품이었다. 거기 비하면 지금 내가 사는 아파트는 편리함으로 따지자면 시골집에 비할 바가 아니지만, 한편으로는 황량하고 삭막하기 짝이 없다. 옆집에 누가 사는지 도통 관심이 없다. 놀이터에도 아이들 웃음소리가 끊긴 지 오래되었다. 아파트에 살다 보면 한겨울에도 반바지를 입고 생활해도 그리 추운 줄 모른다. 그러다 보니 오늘날 우리는 겨울을 제대로 맛보지 못하고 지나친다. 잠시 창밖의 겨울을 마주하고 지나친다. 생활의 편리를 얻었으니 낭만을 포기해야 하는 걸까?

나는 계절과 상관없이 비를 맞는 것을 좋아한다. 그중에서 겨울비를 특히 좋아한다. 기분에 따라서 느껴지는 감정은 제각각이지만 비를 맞으면 무언가 깨끗함으로 정화되는 듯하다.

겨울비가 내리면 나는 일부러 긴 외투를 입고 뚜벅뚜벅 거리를 걷는다. 가로수가 앙상하게 가지를 드리운 길은 쓸쓸하면서도 정갈하다. 걷다 보면 겨울비가 차갑지 않고 상쾌한 기분이 든다. 하염없이 겨울비를 맞으며 걷고 싶어지는 그런 날들이 있다. 겨울은 춥고 차가움만 있는 것이 아니었다. 한편으로는 따뜻함이 공존하고 있다.

내 마음이 겨울이면 바깥 날씨와 상관없이 어디를 가더라도 싸늘하다. 가끔씩 번아웃이 찾아오면, 나는 여기를 벗어나고 싶어서 안달이 난다. 나는 도저히 견딜 수 없어 아주 멀고도 먼 북유럽으로 향했다. 스웨덴 스톡홀름에 도착한 나는 곧바로 이름 모를 거리와 골목길을 걷고 또 걸었다. 나는 누구의 눈치도 보지 않으며 고독과 쓸쓸한 감상에 마음껏 젖었다. 고색창연한 거리에는 겨울비가 내리고 있었다. 빗물에 찢긴 낙엽들이 날리고 있었다. 광주의 빗줄기는 맞을 만했는데 스웨덴의 빗줄기는 차가워서 우비가 필요했다. 이국의 빗줄기는 내 슬픈 그림자 탓에 진한 그리움으로 변했고, 간간이 비치는 햇살이 나를 위로했다.

밤늦게 숙소에 들어와서 잠을 청해도 쉽사리 잠이 오지 않았다. 호텔 건너편 대형 쇼핑몰의 광고판에는 남녀 모델들이 화려한 춤을 추며 밤새 휘황찬란하게 빛을 내뿜었다. 새벽이 밝아오고 있었다. 광주에서 시작된 감기는 스톡홀름의 매서운 추위에 더욱 심해졌다. 독한 감기약을 잔뜩 먹으니 정신이 몽롱했다. 겨우 몸을 추스르고 꼭 한번 가고 싶었던 스톡홀름 시립도서관을 찾아 나섰다.

도서관은 예상대로 멋진 광경으로 나를 반겨주었다. 커다란 원형 책장에 가득 꽂힌 책들의 행렬이라니! 인류가 가꿔온 지식과 지혜의 숲에 들어선 느낌이 들었다. 나는 너무나 황홀하고 행복했다. 한동안 도서관 구석구석을 거닐며, 이곳에서 평생 책만 읽으며 지내고 싶다고 생각했다. 지난날의 나를 모두 흘러보내고, 그저 책에 푹 빠져서 지내고 싶었다.

다음날 감기가 더욱 기승을 부렸다. 연신 메마른 기침이 나오고, 얼굴은 누렇게 익어갔다. 늦은 밤 감기약도 떨어지고, 설상가상 속절없는 마음이 지난 상처를 들쑤시며 내 속을 뒤집었다. 나는 거리에 수북이 쌓인 낙엽처럼 발에 차이고 흩날렸다. 인천공항에서 비행기를 타면서 무거운 마음은 내려두고 왔어야 했다. 부랴부랴 도망치느라 감기도 지난 기억도 함께 따라온 듯했다. 결국 나는 비겁한 도피의 대가를 혹독하게 치러야 했다.

내 건강 상태가 최악이어서 스산하게 묘사했지만, 스톡홀름과 스웨덴의 여러 도시는 아름답고 따스했다. 북유럽 도시는 소박하면서도 시민들의 편의를 중심으로 설계되었음을 느낄 수 있었다. 차량은 소

형차가 대부분이었고 사람들은 주로 자전거를 교통수단으로 사용했다. 도서관은 쾌적하고 직원들이 친절해서 나 같은 외국인이 이용하기에도 불편하지 않았다.

농사짓기 전에는 잘 몰랐는데, 양파와 마늘은 겨울을 잘 견디는 월동작물이다. 그중에서도 마늘이 으뜸이다. 마늘은 난치형 마늘(남해안과 제주지역에서 재배)과 한치형 마늘(내륙지역에서 재배)로 구분된다.

마늘은 가을에 파종하여 이듬해 여름에 수확한다. 마늘을 너무 일찍 심으면 더위에 씨알이 썩어서 싹을 틔우지 못하고, 너무 늦가을에 심으면 뿌리가 깊이 뻗지 못해 얼어 죽는다. 그러니 적당한 시점을 잘 골라서 파종해야 한다. 마늘은 겨울 강추위와 눈보라 속에서 자란다.

마늘이 자라나는 모습을 보면 뭔가 자연의 경이로움이 느껴진다. 커다란 밭이 하얀 눈에 덮여 있지만, 마늘은 한순간도 푸르름을 잃지 않는다. 추위를 견디고 꽃을 피우는 매화에 비해 화려함은 없지만 끈질긴 생명력은 최고다.

지난해 가을에 형님네 부부랑 허리를 구부려 가며 심었던 마늘이 잘 자라는 모습을 볼 때마다 마음이 넉넉하고 포근해진다. 마늘로부터 차가운 겨울을 씩씩하게 견디며 건너갈 힘을 얻는다.

겨울의 정취를 느끼기 위해서 조용한 사찰을 자주 다니는 편이다. 최근에는 화순 운주사에서 겨울을 만끽했다. 겨울이 익어가는 운주

사는 나그네를 반갑게 이끌었다. 부처님, 미륵불 앞에서 고개를 숙이고 나의 자취를 남겼다. 눈발이 간간이 날리고, 그 눈바람에 나를 내려놓았다. 부처님이 나를 부르는 것인지, 바람이 나를 부르는 것인지, 아니면 풍경소리가 나를 부르는 것인지 알 수 없지만, 문득 걸음을 멈추었다.

고요한 광경에 속세의 시름이 씻은 듯 사라지는 것 같았다. 운주사에 또 하나의 인연을 새기고 돌아왔다. 누구나 겨울을 겪지 않고서는 봄을 맞이할 수 없다. 삶은 예측하는 대로 흘러가지 않는다. 계절의 변화는 나를 겸손하게 만든다.

어느새 눈꽃 하나가 허공을 가르고 사라진다. 겨울이 왔구나!

오늘을 걷는다

　2012년부터 몇 년간 주말을 이용하여 호남옛길(삼남대로)을 탐방했다. 해남에서 출발하여 강진, 영암, 나주, 광주(광산), 장성, 정읍, 김제, 전주, 완주, 익산에 이르는 263.17킬로미터 길이다. 땅끝마을에서 누릿재, 갈재를 넘어서 정읍, 익산까지 때로는 차로 때로는 힘겹게 두 발로 걸었다.

　누릿재는 강진 성전면 월남리에서 영암읍 개신리까지를 잇고 있다. 노루재, 노릿재라고 불렀으며 다산 정약용 선생의 유배길이기도 하다. 갈재 구간은 장성 못재에서 정읍 천원역까지 30킬로미터 거리다. 노령산맥을 넘는 고개로 과거 봇짐을 지고, 우마차를 끌고 다녔던 곳이다.

　갈재를 지키는 군대가 주둔한 군령마을이 있었다. 갈재는 위령(葦嶺), 노령(蘆嶺)이라고 하는데 여기서 위(葦)와 노(蘆)는 갈대를 의미한다. 갈재 정상에는 장성 부사를 지낸 '홍병위'를 위한 불망비가 새겨져 있다. 옛길을 걸으면서 만났던 농촌 사람들의 모습, 일부러 찾아나섰던 영암 구림마을, 나주 금안마을, 정읍 원촌마을 등은 여전히 아련하다. 도시화로 인해 아파트 단지가 들어서고, 공장이 생기고, 아스팔트 도로가 깔리면서 옛길은 변형되고 희미해지고 심지어 사라지기도 했다. 하지만 그 길을 걸으며 곳곳에서 옛사람들의 체취를 느낄 수가 있었다. 그러다가 이직을 하면서 정처 없이 떠돌았던 발걸음을 멈추고 말았다.

　마음이 바쁘고 어지럽다는 핑계로 한가롭게 걷는 것을 잊어버리고 살았다. 오랫동안 걷기를 멈춘 후, 소소하게 즐길 취미가 필요했다. 새로이 수영과 기타를 배웠다. 나이가 들어 생소한 것들을 익히다 보니 진도를 따라가는 게 더디고 어려웠다. 예컨대 나는 수영을 시골 동네 저수지에서 익혔다. 제법 넓은 저수지를 가로질러 왔다 갔다 할 만큼 꽤 하는 편이라고 자부했다. 그런데 수영강습을 받으면서 어릴 적 몸에 밴 헤엄을 그대로 했더니, 수영강사가 정색했다.

　"거기 회원님, 수영을 그렇게 막무가내로 하면 안 돼요!"

　지금까지 내가 했던 것은 수영이 아니라 헤엄이었단다. 수영강사는 새로운 수영법을 가르쳐주었지만 나는 내 몸에 밴 '헤엄법'을 쉽사리 고치지 못했다. 결국 나는 강습반의 문제아로 찍혔다. 그래도 나는 특유의 끈기와 두꺼운 낯짝으로 조금씩 수영에 재미를 붙여 갔다. 그러던 어느 날 나는 기어코 일생일대의 큰 실수를 저지르고 말았다. 여느 때와 같이 주말 오후에 아들과 함께 근처 수영장을 찾았다. 평소처럼 탈의장에서 옷을 벗고 샤워실에서 가볍게 몸을 씻었다.

나는 아들을 먼저 수영장 안으로 들여보낸 다음 샴푸로 머리를 감고 바디워시로 마무리했다. 그러고는 수영 모자를 착용하고 느긋하게 수영장 안으로 들어갔다. 그런데 순간적으로 사람들의 싸늘한 눈길이 온몸에 꽂혔다. 나는 그 자리에서 돌처럼 굳어버리고 말았다. 아뿔싸, 수영 모자를 쓰고 나서 정작 수영복을 입지 않고 알몸으로 수영장에 들어선 것이다. 굳이 변명하자면, 어릴 적 알몸으로 저수지를 누비던 버릇이 내 몸 어딘가에 여전히 남아 있었던 모양이다. 세 살 적 버릇 여든까지 간다고 하지 않은가 말이다. 여기저기서 야유와 비명이 쏟아졌다. 이후 한참을 수영장에 나가지 않았다. 아니 창피해서 가지 못했다.

수영을 배우면서 느끼는 것이지만 힘 빼는 것이 가장 어렵다. 악기를 배울 때도 마찬가지다. 수준이 올라갈수록 힘을 빼고 자연스럽게 연주하는 것이 실력이다. 그래도 평소에 배우고 싶었던 취미들이어서 나름 뿌듯했다. 그러다가 코로나19 사태가 터지면서 모든 취미 활동을 접어야 했다. 코로나는 핑계일 뿐 혼자 할 수 있는 운동이 부지기수인데 이런저런 변명거리를 찾다 보니 게으름을 피우고, 술만 잔뜩 마셨다.

그러다 보니 몸무게는 늘고 아랫배는 볼록 튀어나왔다. 살이 찌면서 몸이 여기저기 아파 왔다. 몸이 무거우니 마음도 무거웠다. 무거운 몸을 이끌고 동료들과 모처럼 무등산에 올랐다. 얼마 올라가지도 못하고 다리가 풀리고, 체력이 바닥나서 주저앉고 싶었다. 포기하고 싶은 마음이 머릿속을 계속 맴돌았다. 같이 갔던 동료들은 저 멀리 앞서서 나가는데 한참 뒤처져서 기진맥진 겨우 따라갔다. 그러다 불쑥 불안한 생각이 뭉게뭉게 피어났다. 몸에 뭔가 이상이 있는 건 아닐까? 그러지 않고서야 아무리 몸이 불었다고 숨을 못 쉴 정도로 힘들 리 없다고 생각하니 덜컥 겁이 났다.

다음날 나는 병원을 찾아갔다. 다행히 큰 병은 아니었다. 의사는 식단을 조절하고 꾸준히 운동하라고 처방했다. 중년의 상징, 아랫배 비만이란다. 이럴 때는 의사 말씀을 잘 따라야 하는 법이다. 때마침 평소 알고 지냈던 정민호 작가의 《당신은 아직 걷지 않았다》를 읽은 기억이 떠올랐다. 단순히 걷기 방법이 아닌 철학적 담론과 깊은 성찰을 담고 있는 책이다. 올바른 마음과 바른 자세로 제대로 걸어보기로 했다. 걸어야 하는 이유는 명확하다. 군이 바쁘게 뛸 필요는 없다. 천천히 내 보폭에 맞게 걸으면 그만이다.

이후 새벽 일찍 일어나서 무각사 둘레길을 걸었다. 한동안 운동을 쉬다가 시작하니 조그만 걸어도 숨이 차고 힘들었다. 한 시간 정도 겨우 걷기를 마친 후에 벤치에 앉아서 잠시 쉬었다. 그사이 제법 많은 사람들이 내 앞을 지나갔다. 지팡이를 짚으면서 가는 할아버지, 다리를 절뚝거리면서 걷는 할머니, 발을 질질 끌면서 걷는 중년의 남성, 다리가 불편한 젊은 남자가 아내의 부축을 받고 천천히 발걸음을 옮겼다. 이들은 비록 불편한 몸이지만 최선을 다해서 걷고 있었다. 나는 이들처럼 최선을 다해 온몸으로 세상에 맞선 적이 있었나. 나는 깊이 반성하고 새삼스레 의지를 다졌다.

　무각사를 감싸고 있는 둘레길을 한 바퀴 도는 데 20여 분 소요된다. 다소 짧은 거리지만 다양한 나무와 꽃이 가득하여 걷기에는 안성맞춤이다. 구불구불하지만 적당한 언덕이 있고, 딱딱한 아스팔트나 흙바닥이 아닌 푹신한 아스콘을 깔아서 장시간 걸어도 발바닥이 아프지 않다. 도심 안에 이런 장소가 있다는 게 얼마나 다행인지 모른다.

　매일 아침 일찍 일어나는 건 무척 귀찮고 번거롭다. 가능하면 더 자고 싶어서 이부자리를 꽉 부여잡는다. 아직 운동 습관이 없다 보니 나태함과 힘겨루기를 할 수밖에 없었다. 익숙해질 만도 한데 영 습관이 들지 않는다. 다행히 걷기 운동을 하다 보니 자연스럽게 술자리를 멀리하게 되었다.

　지인들과의 저녁 식사 자리를 가능한 한 점심 약속으로 바꾸면서 여러모로 시간도 절약되고 컨디션이 좋아진 듯하다. 숲의 새벽 공기가 맑고 신선해서 좋다. 장마나 무더위에도 하루도 빠짐없이 걷기를 계속하고 있다.

　사실 생각보다 살이 빠지지 않아서 조금 아쉽다. 아랫배는 여전히 올챙이다. 조금 들어갔다 싶으면서도 음식을 평소보다 많이 먹으면 다시 볼록해진다. 리즈 시절로 돌아갈 수 없다는 사실을 안다. 하지만 걷기 이후로 몸이 더 불어나지 않는다는 게 중요하다. 게다가 걷기 자체에 집중하면서 머릿속 상념이 잦아들었다. 직장생활에서 받은 스트레스도 한결 수그러들었다. 땀을 잔뜩 쏟으며 지칠 때까지 하염없이 걷다 보면 기분이 맑아진다.

오늘도 나는 새벽길을 나설 것이다. 열심히 체력을 길러서 예전에 걸었던 전라도의 옛길(삼남대로)을 다시 걷고 싶다.

18층, 계절을 걷다

계절은 망설이거나 주춤하지 않고 거침없이 밀려온다. 새벽 5시 시계 알람소리에 깨어나 습관적으로 일어나 창문을 열고 바깥을 바라본다. 비가 추적추적 내리고 새벽의 어둠은 여전히 짙다. 좀 더 밝아지기를 기다리면서 운동복을 챙겨 입는다. 어제 과음한 탓인지 아니면 마음의 고달픔이 더해서 그랬는지 속이 쓰리고 아프다.

어젯밤 모임에서 필요 없이 내뱉은 말들과 과장된 몸짓이 생각나서 부끄러움이 밀려온다. 새벽 숲길, 비가 내리니 북적대는 사람들은 보이지 않고, 시끌벅적 지저귀던 새들도 잠잠하다. 숲속 주인인 새와 벌레들은 둥지 안에서 비가 그치기를 기다리는 것 같다. 이 고요한 숲속에는 내 숨소리와 바람소리만 나지막이 들릴 뿐이다.

시간이 지나자 점점 비가 거세지고 굵어진다. 세차게 내리는 비에 흠뻑 젖으니 몸이 후련하고 개운하다. 마음속 묵은 감정까지도 말끔히 씻겨 나가기를 바라는데, 왠지 갈피를 잡지 못하고 이리저리 흔들린다. 익숙한 길을 정해진 시간에 규칙적으로 걸으면서 마음 근육을 키웠다고 생각했는데, 어설픈 중년의 변덕이 기승을 부리는 중이다. 번잡함을 잊고 자유로움과 평온함을 유지해야 하는데 뜻대로 되지 않는다. 이럴 때는 뭔가 새로운 전환점이 필요하다. 물론 새벽 걷기를 그만둘 생각은 전혀 없다. 다만 몸을 좀 더 격렬하게 달궈서 잡생각을 연소시킬 또 다른 방법을 찾을 뿐. 나에게는 이럴 때를 위해 준비한 히든카드가 있다. 힘들수록 마음을 굳건히 하고 몸은 분주히 움직여야 한다.

일체유심조(一切唯心造)가 따로 있는 것이 아니다. 내 마음속 에베레스트산인 상무지구에 우뚝 솟은 18층 건물이 있다. 외관이 흡사 바다를 항해하는 배를 닮았다. 안에서 바라보는 도시풍경도 꽤 운치 있고 낭만적이다. 맑은 날에는 무등산이 훤히 보여서 손에 닿을 듯 정겹다. 이곳은 내가 밥벌이를 하는 곳이다. 아침 출근길, 직장 건물에 들어서면서, 나는 잠시 주춤한다. 엘리베이터를 이용하면 순식간에 사무실까지 올라갈 수 있지만 흔들리는 마음을 다잡는다. 나는 화물 전용 엘리베이터 옆을 지나 귀퉁이에 있는 두꺼운 철문을 열고 계단 앞에 선다. 피곤함과 귀찮은 마음이 밀려온다. 하지만 이대로 쉽게 물러서면 안 되지. 용기를 내어 첫발을 내디딘다. 한 걸음에 한 계단씩, 오르기 시작한다.

4층까지는 사뿐히 걸을 수 있다. 여기까지는 봄이다. 8층까지는 다리에 힘이 들어가고 가파르다. 여기까지는 여름이다. 12층까지는 허리가 조금씩 아파 오고 땀이 나기 시작한다. 여기까지는 가을이다. 16층까지는 숨이 헉헉댄다. 여기까지는 겨울이다. 나머지 17층, 18층 계단에 올라서면 비로소 안도감이 든다.

18층까지 한번 오를 때마다 사계절의 변화를 느끼고 새삼 인생의 소중함을 깨닫는다. 여름 한낮의 바람 없는 밀폐된 공간 탓에 숨은 헉헉 차오르고 온몸은 땀으로 젖는다. 참 희한하게도 몸은 쓰러질 듯 너무 힘든데 마음은 홀가분하고 가볍다. 맺힌 가슴속이 뻥 뚫리는 카타르시스가 느껴진다.

누구의 아이디어인지, 층층마다 걷기와 관련된 명언들을 붙여놓았다. 그중에 터키 속담으로, '계단을 밟아야 계단을 오를 수 있다'는 글이 내 눈길을 사로잡는다. 그렇다. 뭐든 쉽게 얻어지는 것은 없다. 계단을 밟지 않고 계단을 오른다는 것은 헛된 망상이다. 현실을 부정하고 이상으로 나아갈 수 없다. 현실을 있는 그대로 받아들여야 현실을 극복할 수 있고 이상에 다가갈 수 있다. 계단 하나가 모여 한 층이 되고 한 층들이 쌓여서 18층 계단이 된다. 계단 하나는 쉽게 오를 수 있지만 18층 계단은 수월하지 않다. '인생' 그 거창하고 힘겨운 이름 앞에서 감히 나의 발을 옮긴다.

15~16층쯤 지나면 고비가 온다. 땀이 비 오듯 쏟아지고 숨은 턱밑까지 차오른다. 주저앉고 싶은 마음이 굴뚝 같지만, 그랬다가는 다시 올라가기가 더 힘들다는 사실을 안다.

나는 멈추지 않는다. 젊은 시절에 나는 야생의 늑대처럼 거침없이 저돌적으로 살았다. 그런데 어느 순간 거친 야생성을 잊고 편안함에 길들어지고 있다. 사람의 손길에 익숙해진 늑대처럼 야생의 본능을 잊었다. 나의 주체성, 유일한 경쟁력을 잃은 것이다. 잘산다는 것, 잘 살기 위한 뾰족한 방법이나 정답은 없다. 어느 방향으로 가더라도 수만 가지의 갈림길과 경우의 수를 맞닥뜨려야 한다. 그래서 어떤 길을 선택하더라도 만족스럽지 않다. 어떤 선택을 하든 그에 따른 대가를 치러야 한다. 다행히 계단은 샛길도 지름길도 없다. 한 길을 따라 내 몸으로 정직하게 부딪쳐야 한다. 계단을 오르며 나는 다시 야망으로 중무장한 늑대로 거듭난다.

　한여름에 에베레스트산 같은 18층 계단을 다 오르고 나면 온몸의 수분과 함께 잡생각이 빠져나간 듯하다. 탁 트인 18층 전망 좋은 곳에서 훤하게 보이는 무등산은 더없이 한가롭고, 반면 차량의 긴 행렬이 펼쳐진 길거리는 분주하다. 이곳에는 1990년대 초반까지 군사교육 시설인 상무대가 자리하고 있었다. 그때까지 상무지구는 광주 도심과 광산구의 중간에 위치한 허허벌판이었다. 이후 대규모 계획도시 조성 계획이 발표됐지만, 한동안 황량한 부지에 건물 몇 채만 덩그렇게 들어섰을 뿐이었다.

　2000년대 초반부터 시청사와 공공기관, 그리고 김대중컨벤션센터 건물이 들어서고 아파트와 오피스텔, 상업지구가 하나둘씩 자리 잡았다. 30여 년의 세월이 흐른 뒤, 상무지구는 말 그대로 상전벽해가 되었다. 군인들의 군사교육 장소였던 상무대가 있던 시절에 지금의 상무지구의 면모를 예상한 사람이 몇이나 있을까? 변화는 하루아침에 이루어지지 않는다. 지루하고 보잘것없는 하루하루가 조금씩 쌓여 현재의 모습으로 탈바꿈한 것이다.

계단 오르기도 그렇다. 꼭대기까지 오르려면 차근차근 한 계단씩 위로 나아가야 한다. 기분 좋은 피곤함과 적당한 긴장감으로 사무실에 들어선다. 머리를 싸매고 끙끙대던 업무 서류가 왠지 만만해 보인다. 오늘 하루도 한 걸음씩, 힘차게 출발한다.

개들도 삶은 계속된다

시골집에서 키우는 개들은 대부분 뛰어난 품종이 아닌 일명 똥개라고 불리는 잡종 개였다. 우리 집에는 개가 항상 있었다. 빈집을 지키고 쥐를 잡는 데 유용했다. 학교에서 돌아오면 늘 '백구', '쫑', '해피', '개돌이', '개순이'가 반겨주었다.

나는 어릴 때부터 강아지를 좋아했다. 어머니가 송정리 오일장에서 강아지를 사 오면 며칠 동안 하루 종일 곁에서 놀아주고 안고 다녔다. 딱히 즐길 만한 놀이도 없고 친구도 없던 터라 강아지와 노는 시간이 즐거웠다. 부모님께 크게 혼나거나 야단맞으면 살며시 개에게 하소연하고 위로를 받았다.

그 시절 시골 개들은 대체로 오래 살지 못했다. 요즘 애완견처럼 예방접종을 맞히거나 심장사상충 같은 약을 주기적으로 먹이는 건 꿈도 꾸지 못했다. 또 영양분이 골고루 들어간 사료가 아니라 사람들이 먹다 버린 음식의 잔반을 대충 먹었다. 그러다 보니 영양상태가 좋지 않았고, 알 수 없는 병에 걸리기도 했다. 뿐만 아니라 시골집 곳곳에는 쥐약이 널려 있었고, 산과 들판에는 짐승을 잡기 위한 독약(청산가리)과 덫이 가득했다. 개들이 살기에는 최악의 조건이었던 셈이다.

어찌어찌 몇 해 위험을 피해서 버텼다 해도, 시골 개들은 복달임(삼복)이라는 마지막 관문을 넘지 못했다. 어느 때인가 사람 말도 잘 알아듣고, 쥐도 잘 잡는 영리한 개를 키웠다. 녀석은 유난히 나를 잘 따랐고 나도 녀석과 뛰어노는 게 좋았다. 그런데 어느 날 학교에서 집에 돌아오니 녀석이 보이지 않았다. 부모님 말씀은 개장수에게 개를 팔았다는 거였다. 마을에서 조금 떨어진 '삼거리'에는 보신탕집이 있었는데 아마도 거기로 팔려나갔던 것 같다.

워낙에 궁핍한 살림에 개를 키워 팔면 쌈짓돈이나마 만질 수 있으니 부모님으로서는 별다른 고민 없는 선택이었다. 사실 개장수가 아니라도 해마다 한여름이면 동네에서는 개가 몇 마리 사라져 밥상 위에 올랐다. 그 사실을 어렴풋이 알고 있었던 나는 속상했지만 더 이상 따질 수 없었다.

그런데 며칠 뒤, 개장수에게 팔려 갔던 개가 집으로 돌아왔다. 철창을 탈출해서 기어코 찾아온 녀석을 부둥켜안고 나는 한참을 울었다. 하지만 재회의 기쁨은 얼마 가지 못했다.

개장수가 도망쳐온 개를 데려가려고 우리 집을 찾아온 것이다. 나는 개를 팔지 말라고 부모님께 울면서 떼를 썼다. 하지만 한번 팔아버린 개를 다시 키울 수는 없었다. 개는 애처롭게 나를 쳐다보고 울부짖었지만 나는 아무것도 할 수 없었다. 개장수는 개에게 억센 목줄을 채우고는 거칠게 끌고 가버렸다. 나는 눈물로 개를 보내야 했다. 그게 마지막이었다.

그 시절의 애틋한 기억 때문인지 나는 어른이 되어서도 절대 개고기는 먹지 않는다. 그 이후에도 시골에서는 늘 개를 키웠지만, 나는 예전에 겪은 트라우마 탓인지 가능한 한 개에게 마음을 주지 않았다. 도시로 올라오고 난 뒤에는 더더욱 개와 함께하는 시간이 없었다. 내가 짐짓 차갑게 대하고 거리를 두어도 개들은 여전했다. 가끔 시골에 내려갈 때마다, 가끔 얼굴을 비치는데도 먼저 알아보고 반가워했다. 비록 말을 하지 못하는 동물이었지만, 녀석들은 늘 사람의 손길을 그리워했다.

한참 시간이 흐르고 난 뒤, 몇 해 전 햇살 가득한 날, 지금 키우고 있는 진돗개와 처음 인연을 맺었다. 홀로 외롭게 지내시는 아버지를 위해, 나는 개를 한 마리 분양받았다. 여러 인터넷 사이트를 검색하던 중 강아지 사진을 보고 마음에 들어서 농장으로 연락했다. 진도에서 진돗개를 키우던 농장주가 강아지를 직접 시골집까지 데리고 왔다.

그동안 엄마가 병원에 입원하면서 시골집이 너무나 허전하고 적막했는데 강아지가 오니까 마당이 활기차고 밝아 보였다. 아버지도 환한 웃음으로 화답해 주셨다. 손바닥만 한 강아지는 무척 귀여웠다. 아직은 낯선 환경이라서 깽깽대면서 울고 잡히지 않으려고 도망가기를 반복했다. 어린 새끼라서 목줄을 채우지 않고 마당에서 자유롭게 다니도록 했다. 진도에서 온 수컷이라고 '진도'라고 이름을 지었다. 진돗개도 여러 종류가 있는데 내가 분양받은 종은 블랙탄이었다. 눈이 네 개 달린 것 같다고 해서 '네눈박이 진돗개'라고 불린다. 진돗개 중에서도 기질이 사납고 사냥을 잘한다. 블랙탄은 우리나라에서 첫 번째 군견으로 발탁되기도 했다. 그런데 군에서 실제 훈련을 시켜보니 주인에 대한 충성심이 강한 게 오히려 문제였다. 여러 사람이 명령을 내려야 하는 경우에는 문제를 일으킬 수도 있어서 군견으로는 적합하지 않았던 것이다.

군견으로는 부적합해도 시골에서는 네눈박이가 귀신을 보고 귀신을 쫓는다는 이야기까지 덧붙여져 인기 폭발이다. 진돗개를 키우면서 새삼 느끼지만, 다른 개에 비해 확실히 영리하다. 몇 번 훈련시키면 주인의 말귀를 금방 알아듣고 잘 따른다. 또한 대·소변을 잘 가리고 일을 보고 나서는 꼭 흙으로 덮을 만큼 깔끔을 떠는 습성도 마음에 들었다.

수컷 한 마리만 키우다 보니 혼자 크는 것이 외롭고 심심할 것 같아서 대전에 사는 형님에게 부탁해서 암컷 한 마리를 더 분양받았다. 2달 정도 차이가 나서 둘이 잘 지낼 거라고 기대했다. 하지만 웬걸, 두 강아지의 관계는 첫 만남부터 심상치 않은 방향으로 흘러갔다.

5월에 데리고 온 강아지 이름을 대전에서 오고 순해 보여서 '대순이'라고 이름 지었다. 그런데 형님이 대순이를 차에 태우고 와서는 마당에 내려놓는 순간, 수컷 진도가 사정없이 물어뜯고 겁을 주었다. 며칠이 지나도 친해지기는커녕 사납게 달려드니 대순이는 잔뜩 풀이 죽은 모습으로 도망 다녔다. 나는 사정없이 공격하는 진도를 목줄로 묶어둘 수밖에 없었다.

처음 목줄에 매인 진도는 며칠을 서럽게 울면서 풀어달라고 애원했다. 몸부림칠수록 목줄이 목을 죄어오는 터라 자유롭게 뛰지 못하니 답답해하고 힘들어했다. 그 상태로 몇 달이 지나자 진도는 한껏 풀이 죽은 모습이었다. 기세등등하던 모습은 온데간데없고 대순이가 보여도 달려들거나 짖지 않았다. 그렇게 한참이 흐르고 나자 진도는 하루이틀 목줄을 풀어놓아도 집주변만 맴돌 뿐 쉽사리 목줄 반경을 벗어나지 않았다.

여러 날 구속된 생활을 하면서 진도는 무슨 생각을 할까? 세상 밖 자유를 그리워할까? 아니면 주인을 그리워할까? 녀석의 모습을 보면서 문득 요즘 내 모습이 겹쳐졌다. 실체 없는 목줄에 길들여 자유를 포기하고 제자리를 맴돌고 있는 건 아닌지……. 나와 진도는 서로 한심하다는 눈빛을 나누고 헤어지곤 했다.

어쨌거나 진돗개 진도가 대순이를 처음 만날 때 심하게 물어뜯은 사건은 이들이 성장할수록 두고두고 걱정거리가 되었다. 요즘 들어 둘은 대체로 사이좋게 지내는 듯 보인다. 산책을 데리고 다니면 진도와 대순이는 서로 살을 비비기도 하고 기분 좋게 장난을 치거나 경주를 벌이기도 한다. 하지만 짝짓기 주기가 되면 분위기가 전혀 달라진다.

진도는 본능에 이끌려 대순이 등 뒤로 다가선다. 그럴 때마다 대순이는 대차게 으르렁거리며 거절한다. 진도는 그런 대순이의 비위를 맞추기 위해서 갖은 아양을 떨면서 간절하게 구애하지만 대순이는 어림없다는 듯 콧방귀를 뀐다. 어떻게든 둘을 이어주려고 한적한 숲속에 데려갔다. 편안하게 단둘이 데이트를 즐기라고 줄을 가깝게 묶어놓았더니, 갑작스레 분위기가 험악해지면서 큰 싸움이 벌어진다.

이들의 어긋난 사랑은 현재진행형이다. 대순이는 새끼일 때 상처를 준 진도에게 제대로 앙갚음을 하는 중이다. 아무래도 둘 사이에서 귀여운 강아지를 보려면 많은 시간이 필요해 보인다. 그러게, 첫인상에 신경 좀 쓰지 그랬냐, 진도야.

흔들리는 인생

나는 강원도 양구(백두산부대)에서 군 복무한 후 대학교 2학년에 복학했다. 군대 가기 전에 학점 관리를 전혀 하지 않는 탓에 성적표는 쌍권총이 날아다니고 있었다. 주중에는 학생운동에, 휴일에는 공사장 막노동으로 돈 벌러 다니느라 공부는 뒷전이었다.

군대 생활을 하면서 행정고시를 봐야겠다고 무모한 계획을 세웠다. 복학하자마자 고시원에 등록하고는 대책 없이 행정학, 행정법 책을 사서 공부했다. 전공도 아닌데 막무가내식으로 덤벼들다 보니 갈수록 막막했다. 얼마 가지 않아 스스로 포기했다.

대학교와 학과는 운이 좋아서 합격했을 뿐, 학과는 적성에도 맞지 않았고 전혀 흥미를 갖지 못했다. 복학해서는 처음에 열심히 공부한다고 제일 앞자리에 앉아서 두 눈 부릅뜨고 강의를 들었지만, 며칠 지나자 수업에 빠지기 시작했다. 중간고사를 준비하려는데 노트 정리를 제대로 하지 못해서 엉망이었다.

후배들한테 공부 잘하는 여학생을 소개해달라고 했더니, 영리하고 똘똘하게 생긴 여학생 후배를 소개해주었다. 그 여학생에게 노트를 빌려서 복사하고, 수업과 관련된 정보를 받았다. 특히 리포트를 쓸 때 그녀에게 도움을 받아 거우 해결했다.

어느 날은 학과에서 버스를 대절해서 서울 도매시장으로 견학 갔는데 공교롭게도 그녀와 같은 자리를 앉았다. 그날 이후 어쩌다 보니 우리는 연인 사이가 되어 있었다.

우리는 1999년 11월에 결혼했다. 처음 신혼집을 마련하기 위해 광주 전 지역을 돌아다녔는데, 우리가 가진 돈으로는 마땅히 갈 곳이 없었다. 그나마 집에서 결혼한다고 1천만 원 지원해주고 아내가 혼수 장만 대신 7백만 원을 보탰다. 여기다 은행에서 신혼부부를 상대로 한 대출상품 1천만 원을 빌렸다. 이렇게 거우 마련한 2천 7백만 원으로 아내 근무처와 가까운 두암동 주공아파트 17평 집에 전세로 들어가서 살았다. 결혼하면서 빌린 천만 원은 내 인생이 빚쟁이가 될 것이라는 예고편이었다. 맞벌이 직장생활을 하면서 돈도 모으고 자산이 조금씩 늘어났지만, 그에 따른 부채도 덩달아 늘어났다.

결혼한 지 얼마 안 돼서 나는 과감히 사표를 쓰고 연구소를 차렸다. 서울에 있는 본사 연구소와 연계된 지역본부 역할을 하는 독립채산제 사무소였다.

명함에 멋지게 '본부장'이라고 직함을 박았다. 주변의 우려와는 달리 연구 수주가 활발했고 경영도 제법 잘되는 편이었다. 나중에는 더

넓은 사무실로 옮기고 직원도 세 명을 채용했다. 간혹 운영자금이 막힐 때나 어려워지면 집사람이 마이너스 통장을 만들어줘서 급한 대로 메꾸기도 했다. 당시 30대 초반이었던 나는 중형세단 자동차를 끌고 다녔다. 친구들 중에서 가장 비싼 차를 몰고 다니면서 온갖 폼을 잡고 다녔다. 수입이 생기면 착실하게 모아서 적금을 넣거나 운영자금으로 활용해야 했는데, 씀씀이가 헤퍼지고 유흥업소를 들락거리기도 했다. 내 방만한 모습에, 처음에는 적극적으로 도와주던 아내도 언제부터인지 따가운 시선을 보내며 비판적으로 돌아섰다.

아나나 다를까, 갈수록 연구 수주가 줄어들었다. 수입은 줄어드는데 직원들에게 나가는 월급과 운영비 지출은 그대로였다. 연구소는 빠르게 내리막길을 걸었다. 이즈음에 나는 연구소 운영자금이라도 벌어볼 요량으로 주식에 손을 댔는데 그게 큰 화근이었다.

처음에는 주식으로 초심자 행운처럼 돈을 조금 벌어들인 나는 자만심에 젖어 무리하게 매달렸다. 손실액 규모가 눈덩이처럼 불어났다. 직원들 월급도 밀리고 지금까지 벌어둔 돈까지 까먹고 나서야 어쩔 수 없이 주식에서 손을 뗐다. 그때 샀던 주식의 상당수는 상장 폐지되었고, 마이너스 90퍼센트까지 내려간 주식도 꽤 있다. 하지만 제버릇 남 못 준다고, 그렇게 혼쭐이 나고서도 나는 또다시 빚을 내 주식투자에 매달리곤 했다.

갑작스런 기회로 아내가 1년 동안의 해외 연수를 가게 되었다. 가족이 같이 가면 좋겠지만 두 아들의 교육과 경제력을 따져 볼 때 불가능한 일이었다. 아내는 작은아들과 둘이 연수를 가기로 했다. 아내는 자신이 집을 비운 사이에 내가 챙겨야 할 일들을 정리해 주었다. 아내가 작성한 20여 쪽 매뉴얼에는 내가 해야 할 일, 알아 두어야 할 일들이 꼼꼼히 적혀 있었다. 첫 장에는 서류발급 관련 사이트와 아내의 은행통장과 비밀번호, 다음 장에는 주변 반찬가게, 식육점, 맛집, 식당 등의 주소와 연락처, 그다음 장에는 큰아들 학원과 선생님들 연락처, 또 다음 장에는 작은아들 관련 연락처, 그리고 각종 공과금 현황과 정기적으로 납부해야 할 자동차 세금 등이 처리해야 할 날짜와 함께 빠짐없이 정리되어 있었다. 여기까지 읽으면서 나는 흐뭇한 미소를 지었다.

그런데 마지막 장을 넘기던 나는 소스라치게 놀라 기절할 뻔했다. 내가 감추고 싶은 부채들이 적나라하게 적혀 있었다. 주식 종목, 보유 수, 금액과 더불어 주식투자를 위해 빌렸던 은행 대출 현황이 하나하나 빠짐없이 담겨 있었다. 워낙에 주식 손실이 커서 말도 못하고 끙끙 앓고 있었는데, 아내는 이미 훤히 꿰고 있던 것이다. 게다가 나는 최근에 아내의 속을 또 한 번 뒤집어놓았다.

"여보, 나 다음 달에 직장 그만두고 다른 일 알아볼라니까 그리 아소. 내가 지금 직장 다니면서 얼마나 자존심 상하고 힘든 줄 자네도 알제. 그러니까 이번만큼은 나를 믿어주소."

주식이 잘되면, 사업이 잘되면 집도 넓은 평수의 아파트로 옮기고,

가족과 해외여행도 다니고, 아내에게 멋진 명품 가방도 사주고 싶었다. 고급세단 자동차를 구입해서 폼 나게 타고 싶었다. 아내가 작성한 목록을 보며 나는 헛된 꿈에서 깨어나는 듯했다. 직장을 그만두겠다고 큰소리쳤던 일을 아내가 하루빨리 잊어주기를 바랄 뿐이다.

상처 없이 피는 꽃이 있을까

매번 상처받고 넘어진다. 세상은 그런 나를 비웃는다. 눈물에 비친 나의 뒷모습을 뒤로하고 뚜벅뚜벅 나아간다. 내 의지와 달리 작은 바람에도 비틀거리고 방황하고 있다. 여러모로 부족한 나의 여정이 아쉽다. 이 또한, 나의 인생이다.

영화 〈달콤한 인생〉 오프닝에는 스승과 제자의 대화가 나온다. 바람에 이리저리 휘날리는 나뭇가지를 보면서 제자가 스승에게, "나뭇가지가 움직이는 것입니까, 바람이 움직이는 것입니까?"묻는다. 스승은 제자가 가리키는 곳은 보지도 않고, "무릇 움직이는 것은 나뭇가지도, 바람도 아니다. 오직 네 마음뿐이다"라고 대답한다. 그렇다. 내 마음이 자리를 잡지 못하기에 모든 것들이 흔들린다.

파도를 만드는 것은 바람이다. 파도는 보이지만 바람은 보이지 않는다. 모든 혼란은 자신의 마음에서 발현하여 시작된다.

극심한 직장생활의 스트레스에 시달리던 어느 날 길을 걷다가 눈앞이 캄캄해지고 머릿속이 빙빙 돌아서 그 자리에 주저앉았다. 그저 하루살이 인생처럼 겨우 하루하루를 버티다가 기진맥진 힘이 빠졌다.

문득문득 찾아오는 참을 수 없는 가벼운 존재감, 자기부정과 모멸감으로 자존감은 바닥을 기었고, 아는 사람을 만나기가 두려웠고, 사는 것 자체가 고통이라고 느꼈다. 칠흑 같은 어둠 속에 마주한 듯 알 수 없는 불안감과 두려움에 사로잡혔다. 그리하여, 견디고 싶은 마음과 이겨내려는 의지는 신호등 빨간 불빛 아래 속절없이 무너졌다.

흐릿한 의식에 기대어 다시 일어섰지만, 발걸음은 하염없이 무겁고 비틀거렸다. 내가 누군지, 어디로 가는지 몰라 흐느꼈다. 그저 한순간 지나가는 바람이라고 애써 위로하고 흔들리는 마음을 누그러뜨리지만, 늘 세상살이는 까마득한 인생의 고개를 넘어야 한다. 힘들 때는 힘든 대로 피하지 말고 넌지시 견뎌야 한다.

그럴 때가 있다. 자동차 가속페달이 고장 난 것처럼 삶의 에너지를 밟아도 밟아도 더 이상 나아가지 않는다. 무던히 헛심만 쓰고 허무해진다. 비록 작은 실수이지만 수습이 안 되고 뭔가 내 의도와 상관없이 사건들이 일파만파 확대되면 마음이 다급해지고 심란해진다. 이럴수록 아무렇지 않은 듯, 당당한 척, 센 척 지내지만 무너지기 일보 직전이다. 세월이 갈수록 일이 힘에 부치고 사람들과의 대화가 어렵고 부담스럽다. 이래저래 긴장감으로 심신이 지친다.

작은 실수나 상처에 아파하면서 겨우 마음을 다잡아보지만 흔들린다. 절망에 빠진 사람은 스스로를 고립시킨다. 괜히 남 탓을 하며 경계하고 거리를 둔다. 언제나 나를 믿고 따라야 하는데 결정적일 때 나를 믿지 못하고 혼돈에 빠진다. 희망이 희미해질 때 초라한 그림자가 슬그머니 다가와 속삭인다. 그만두라고, 넌 여기까지라고 유혹한다. 밑바닥에서 느끼는 굴욕감이 치욕스럽지만 어쩔 도리가 없다.

초라함의 실체는 밖에서 보지 못한다. 내 안에 웅크리고 있기 때문이다. 자격지심과 초라한 마음 때문에 비굴해진다. 어찌 됐던 마음을 잘 다스려야 평온함을 유지할 수 있다.

나의 마음이 조급해지면 평정심을 잃는다. 사소하지만, 몹시 바쁠 때 귀찮은 일 가운데 하나가 신발 끈 매는 일이다. 평소에는 급한 성격이 아닌 편인데, 구두나 운동화를 신을 때 나도 모르게 마음이 다급해진다.

출근하러 나갈 때도 현관에 앉아서 차분하게 구두끈을 매면 되는데, 생각할 시간도 없이 서두르다 보니 구두 뒤꿈치를 접어서 신거나 끈을 대충 묶고 헐레벌떡 뛰어나가기 일쑤다. 산책하러 나갈 때도 운동화 매듭을 느슨하게 묶은 탓에 자꾸 풀려서 걷기를 방해한다. 최근 다이얼이 달린 운동화를 샀다. 나갈 때 끈을 매지 않으니 간편해서 좋다. 운동할 때도 쉽게 풀어지지 않으니 신경 안 써도 되고 여러모로 편리하다. 그런데 마음 한구석에는 내 자신에 대한 부끄러움이 생긴다.

급한 상황에 놓이면 나도 모르게 몸도 마음도 조급해진다. 그저 짧은 호흡의 시간을 가지면 될 것을, 그 틈을 허락하지 못한다. 이처럼 마음에 여유가 없으면 찰나의 순간도 견디지 못한다. 흔들리는 마음을 견고히 하고 자신감을 잃지 말아야 한다. 살다 보면 자신의 의지와 상관없이 거친 소용돌이에 휘말려 어려움에 맞닥뜨릴 때가 있다. 때로는 자신이 선택한 길이 아닌 서툰 길을 가야 한다. 자신의 잘못이 아니라고 억울함을 호소해봐야 아무런 도움도 받을 수 없다. 괜히 남들의 도움을 받기를 기대하다 보면 낭패만 당하고 상실감만 커질 뿐이다. 어렵고 힘들수록 지름길을 찾기보다는 올바른 길을 찾아서 걸어야 한다. 자신을 무조건적으로 신뢰해야 한다.

단언컨대, 나는 이제까지 취업과 관련하여 누구의 도움도 받지 않고 스스로 개척해왔다. 그런데 이런 자긍심이 송두리째 무너질 만한 일이 일어났다. 이곳에 8년여 있는 동안 이직을 위해 여섯 번 지원해서 여섯 번 모두 떨어진 것이다. 좌절감은 말도 못하게 크고 고통스러웠다. 며칠을 끙끙 앓고 아무것도 먹지를 못했다.

알고 보니 내가 지원한 기관들은 거의 사전 내정자가 있었다. 몇 번의 좌절을 경험한 뒤에는 면접장에 들어가자마자 금세 눈치챌 수 있었다. 남들은 탈락한 나를 위로하기도 하지만, 속으로는 눈치 없다고 비꼬는 사람들도 꽤 있었을 것이다. 떨어질 때마다 마음 아프고 참담했다.

정공법보다는 편법이 난무하는 상황에 마음이 흔들리지 않을 수 없다. 그럼에도 나는 끝내 바른길이 아닌 길은 가지 않았다. 묵묵히 내 길을 걷다 보면 언젠가는 더 단단하고 빠르게 목표지점에 다다를 것이라 믿었기 때문이다.

미국의 교육학자 존A. 셰드는, "항구에 정박해 있는 배는 안전하다. 그러나 배는 항구에 묶어두려고 만든 것이 아니다"라고 삶의 도전의식을 말한다. 살다 보면 여기저기 몸과 마음에 생채기가 나고, 가슴 아픈 상처를 입는다. 상처가 상처로 남으면 그것은 정말 상처가 된다. 하지만 상처의 원인을 찾아내서 바로잡는다면 그 상처는 또 다른 성장의 원동력이 된다. 성공하는 사람은 방법을 찾고, 실패하는 사람은 핑계를 찾는다고 한다. 성급하게 과욕을 부리면 마음이 탁해진다. 마음을 비우고 욕심을 내려놓고 살아야 한다.

잦은 실패에 절망하다 보면 의기소침해져서 스스로 고립을 자초하고 불화에 몸부림친다. 그럴수록 나를 믿고 무한히 신뢰해야 한다. 자신감을 잃으면 남의 눈치나 보고, 자발적 노예로 전락한다. 무기력한 상태에서는 아무것도 이루지 못한다. 실패를 두려워해서 도전을 멈추면 안 된다. 설령 실패하더라도 자신감을 잃으면 안 된다. 자신감은 삶의 절대적 에너지다.

내 잘못이 아니다, 내 탓이 아니다. 마음을 단단히 하고 견뎌야 한다. 그저 참기만 하는 것이 미덕이 아니라고 하지만, 나는 끊임없이 인내하며 상실의 공간에서 버티고 있다. 숱한 시련과 상처에도 굴복하지 않고 여기까지 왔는데 이제 와서 멈출 수는 없다. 멈추는 순간 지금까지의 수고가 물거품이 되어버릴 게 뻔하기 때문이다. 어느덧 직장생활의 고단함과 가파른 세상의 계단 앞에 주저앉기를 거듭하면서 남편이 되었고 아버지가 되었고 어른이 되었다. 시원치 못한 밥벌이 생활로 인해 상처받은 마음을 눈물로 애써 억누르고 살았다. 내가 꽃을 피운 적이 있던가? 언제쯤 꽃을 피울 수가 있을까? 아니면 오늘이나 지금 지고 있는 것일까? 거리에는 그사이 수많은 꽃이 피고 지기를 반복했다. 고단함을 이겨내기 위해서는 더 나은 미래를 향한 '상상력'이 필요하다. 미래의 희망을 갈망하는 간절함과 절실함이 있어야 한다.

누구나 그러하듯 인생의 길은 불명확하다. 길을 잃고 헤매기도 한다. 스스로 운명을 개척하여 성공하는 사람들은 그리 많지 않다.

간혹 노력보다 행운이 통하는 사람들이 승승장구하기도 한다. 반대로 지독히 운이 안 좋은 사람은 뭔가를 해도 잘 풀리지 않는다. 누구나 뜻대로 되지 않을 때는 그냥 견딜 수밖에 없다. 버티다 보면 그럭저럭 지나가기 마련이다. 견디다 보면 마음이 무뎌져 아픔이 가라앉는다.

나 또한 내가 지금 이렇게 살고 있을 줄은 전혀 상상하지 못했다. 그래도 예전 그 시절에 나에게 더 많은 가능성이 있었구나, 하는 생각과 함께 결국 지금이 가장 희망적인 날들이라는 사실을 깨닫는다. 삶은 끝날 때까지 끝난 것이 아니다. 희미한 빛줄기를 향해 이 순간에도 조금씩 발걸음을 옮긴다.

E. E. 커밍스는, "인생에서 가장 가치 없이 보낸 날은 웃지 않고 보낸 날이다"라고 말했다. 잔뜩 화를 안고 살 필요가 없었는데, 나는 세상을 비관적으로만 바라보았고, 그걸 여과 없이 감정으로 드러냈다. 스스로 묻고, 고민하고, 성찰해야 한다.

어느덧 해는 떨어지고 갈 길은 멀고 아득하기에 갈수록 초조해진다. 나의 과욕인가? 내가 길을 잘못 들어섰는가? 자책과 근심이 늘어난다. 가야 할 길이 짙은 어둠에 묻힐 때 그 참담함은 이루 말할 수 없다. 하염없이 버티는 게 쉬운 일은 아니다. 자존심을 버려야 하고 비루함과 자격지심을 감내해야 한다. 오늘 버티고 견뎌내면 내일은 새로운 문이 열릴 거라고 기대할 뿐이다. 누구나 내일을 위해서 끝까지 버티고 견디며 살아간다. 마음속에 품었던 꿈을 잃지 않으면 언젠가는 꼭 이루어질 것이다. 같은 무리에서도 꽃피는 순서가 다르다. 먼저 핀 꽃은 빨리 시들고, 뒤늦게 핀 꽃은 늦게까지 남아 있다. 사람도 마찬가지다. 아직 꽃을 피우지 못하고 있다고 좌절할 필요가 없다. 꽃을 피우기 위해서는 기다림의 시간이 필요하다. 당신의 시간이 오면 화려하게 꽃을 피울 것이다. 오늘 처지가 암담하다고 내일까지 좌절할 필요는 없다. 아직 너의 시간이 안 왔을 뿐이니까!

모든 것이 소중하다

나이가 들수록 주변의 사소한 일상들과의 부딪침들이 더욱 소중하게 다가온다. 이 세상에 태어났다는 사실 자체로 크나큰 축복이고, 오늘 여기에 존재한다는 사실만으로 행복하다. 지나온 날의 아픔과 슬픔도 지금의 나를 이루는 한 조각임을 깨닫는다.

누구를 사랑하고, 누구를 미워할 수 있다는 것, 이 또한 삶이다. 보고, 듣고, 느끼는 모든 것들이 예사롭지 않다. 하루하루 순간순간이 기적의 연속이다. 때로는 이리저리 흔들리고, 고민하면서 살아도 의미 있는 여정이다.

평소 가깝게 지내던 지인이 급히 도움을 요청해 왔다. 시골집 낡은 시멘트벽과 쓰러진 벽돌담을 허물고 새로이 돌담을 쌓으려는데 일손이 필요하단다. 현장에 도착해보니 지인이 일판을 벌인 이유가 충분히 수긍이 갔다. 시골 골목길에는 우악스럽고 거무튀튀한 시멘트벽보다는 돌담이 제격이다. 하지만 세상사 마음먹은 대로 술술 풀리지 않는 법이다. 일판이 생각보다 커지고 품이 많이 들어갈 듯 보였다.

난감하고 미안한 얼굴로 안절부절못하는 지인을 다독이며 호기롭게 소매를 걷어붙였다.

일단 산으로 들로 돌아다니며 쓸 만한 돌을 골라 가져와야 했다. 처음에는 매끄럽고 반듯한 돌을 찾아다녔다. 그래야 돌담을 멋지게 쌓아올릴 수 있다고 생각해서였다. 하지만 그것은 초짜 일꾼의 착각이었다. 아름다운 돌들은 보기에만 근사하지, 정작 돌을 쌓아올리면 아무리 반듯한 돌도 포개는 순간 틈새가 벌어졌다. 솜씨도 엉망인 터라 돌담은 삐뚤빼뚤 볼품없어졌다. 돌담을 제대로 쌓으려면 평범하고 못생기고 삐뚤어진 돌들이 절실히 필요했다.

다시 오랜 시간 발품을 들여 산과 들을 헤맸다. 차츰 모나고 못생긴 돌들이 눈에 들어왔다. 돌을 화물차 짐칸에 실어 나르고 돌을 하나하나 골라서 쌓아가다 보니 허리 어깨 손목이 뻑적지근 쑤셨다. 하지만 차츰 자리를 잡아가는 돌담을 보는 즐거움이 고단함을 훌쩍 넘어섰다. 각양각색 돌들이 서로 조화를 이룰 때 돌담은 비로소 튼튼하고 자연스럽고 아름다운 제 모습을 갖춘다.

반듯한 돌들이 제자리를 못 찾고 있다면, 못난 돌을 위아래로 살짝 끼워주면 금방 가지런히 보기 좋은 돌담이 만들어진다. 비록 보잘것없고 하찮은 돌이라도 각자 자리가 있고, 쓰임새가 있고, 존재 이유가 있다.

마음이 어지러울 때 클래식 음악을 즐겨 듣는 편이다. 바이올린, 첼로, 더블베이스, 비올라, 오보에, 플루트, 피콜로, 바순, 잉글리시 호른, 클라리넷, 트롬본, 트럼펫, 호른, 튜바, 트라이앵글, 탬버린, 벨, 하모니카, 팀파니는 저마다 내는 소리가 다르다. 이러한 악기는 지휘자의 손짓에 맞춰 웅장한 화음을 쌓아올린다. 오케스트라의 화음은 특정 악기에 의해 좌우되지 않는다.

서로를 위해, 서로가 믿고 도와줘야 비로소 연주가 완성된다. 어떤 악기가 스스로 돋보이려고 뛰어나오는 순간 화음은 엉망이 된다. 악보에 따라 연주 내내 겨우 한두 번 소리를 내고 무대를 내려오는 악기도 있다. 그렇다고 서운해하거나 실망할 필요 없다. 그 소박한 여러 소리가 모여야 음악이 완성된다. 때로는 침묵의 소리가 다른 악기를 빛내준다.

악보에 따라 특정 악기가 독주하는 경우도 있다. 독주는 악기의 종류를 구분하지 않는다. 악기가 독주를 시작하면 다른 악기들은 움직임을 멈춘다. 나머지 악기들의 침묵을 배경으로, 독주는 황홀한 빛을 흩뿌린다. 오케스트라에서 악기의 침묵은 연주의 연장이다.

유능한 작곡가는 악기의 쓰임새를 적재적소에 배치한다. 세르지오 레오네 감독이 2008년 제작한 〈옛날 옛적 서부에서〉라는 영화가 있다. 이른바 서부시대가 저물어가던 시기, 친형을 죽인 악당에게 복수하려는 총잡이 이야기이다.

이 작품은 최고의 서부극 10위. 최고의 영화 50위에 들어가는 웨스턴 무비 역사의 백미다. 영화도 인상 깊지만, 주인공이 등장할 때 울려 퍼지던 하모니카 독주 음악 〈Man with a Harmonica〉가 전해 주는 전율은 절대 잊히지 않는다. 특히 주인공 하모니카 맨과 프랭크의 최후의 결투 장면은 압권이다. 이탈리아 출신의 작곡자 엔니오 모리꼬네는 평소 가볍고 경쾌한 소리를 내는 악기로 여겨지던 하모니카를 투박하고 야성적인 악기로 변모시켰다. 고독한 총잡이 주인공의 등장과 절묘하게 어우러진다. 아무리 조연급으로 취급받던 악기라도 누가 어떻게 사용하느냐에 따라 멋진 쓰임새를 갖는다.

작은 돌멩이도 어떻게 쓰이느냐에 쓰임새가 달라지듯이, 크게 주목받지 않는 악기일지라도 존재 이유가 분명히 있다. 사람들도 마찬가지다. 오늘 쓰임새가 없다고 좌절할 필요는 없다. 그러니 하찮은 존재감으로 오늘도 하루를 버티고 있는 우리 모두는, 희망을 가져야 한다. 비록 현재가 암담하고 절망스럽다고 해도 즐거이 받아들이자. 실패와 절망은 아무것도 아니다. 무수한 안개가 잔잔한 햇살에 물러나듯이⋯⋯. 오늘 지나면 내일의 태양이 뜰 것이다.

제3장

나답게 살아야 한다

나는 나다

마르틴 부버는 《인간의 길에서》, "너는 네 세상 어디에 있느냐? 너에게 주어진 몇몇 해가 지나고 몇몇 날이 지났는데 그래 너는 세상 어디쯤 와 있는가?" 하고 묻는다.

나는 지금 어디에 머물고 어디로 가고자 하는지 곰곰이 생각에 빠진다. 그저 막연한 희망을 부여잡고 살아왔는지, 너무 이기적으로 살아온 건 아닌지 나를 뒤돌아본다. '나무는 꽃을 버려야 열매를 맺고, 강은 물을 버려야 바다가 된다'고 하는데 나는 아무것도 버리지 못하고 있다. 고집스레 꽉 움켜쥐고 있으면 앞으로 나아가지 못한다.

'카인'의 후예가 아니랄까 봐, 인간은 이리저리 얽히고설키면서 서로에게 아픔과 상처를 준다.

장자(莊子) '산목' 편에는 빈 배(虛舟) 이야기가 나온다. 배로 강을 건너는데, 빈 배가 떠내려와서 자기 배에 부딪히면 누구도 화를 내지 않는다. 하지만 그 배에 사람이 타고 있으면 상황이 달라지고 급변한다. 서로 삿대질하고 남 탓을 하며 다툰다. 배에 사람이 있고 없음에 따라 마음이 달라지는 이유는, 상대편이 자신의 영역을 침범했다고 여기고 반발하기 때문이다.

자기만의 세계를 고집하는 생각의 편협성은 갈등의 원인이 된다. 사람들과 좋은 관계를 형성하려면 먼저 배타적 마음을 버려야 한다. 하늘 아래 나 홀로 지낼 수는 없다. 우리는 수많은 사람과 부대끼고 만남과 이별을 반복하면서 살아간다. 만남과 인연을 통해서 더불어 사는 것을 배우고, 이별을 통해서 아픔과 성숙을 배운다.

인간관계는 한순간에 상황이 뒤바뀌곤 한다. 좋은 관계를 유지할 때는 아무런 문제가 없지만, 이해충돌과 오해로 갈등이 악화되면 상황은 걷잡을 수 없게 된다. 적당한 관계를 유지하려면 너무 가까이하지도 그렇다고 너무 멀게도 하지 말아야 하는데, 그게 말처럼 쉽지 않다.

우리는 사람의 숲에서 인연과 악연을 되풀이하면서 살아간다. 사람의 숲에서 만나는 미지의 사람들은 제각각 밝은 빛과 어두운 그림자를 지니고 있다. 누구나 짙은 그림자를 감추고 싶어 한다. 군이 나서서 어두운 마음을 보여주지 않는다. 나와 다른 사람은 서로에게 넘어서야 하는 장애물이기도 하지만, 그런 사람들로부터 상처를 치유받기도 한다.

우리는 관계에 대한 과잉과 결핍 사이에 중심을 잡아야 한다. '만남은 인연, 관계는 노력'이라는 말처럼 상호존중과 배려의 노력이 필요하다. 말처럼 쉽지 않아서 누구나 어려운 인간관계를 맺고, 만남과 헤어짐을 반복한다.

해마다 초여름이 되면 가로수의 잔가지를 자르거나 베어내는 전지 작업을 한다. 그래야 나무가 가지를 키우는 데 영양분을 과도하게 쓰지 않고, 가을과 겨울을 균형 있고 건강하게 지낼 수 있다. 우리는 거친 인간관계 속에서 쉽사리 피로감을 호소한다. 불필요한 모임과 만남은 과감히 가지치기해서 잘라내야 한다.

사람을 많이 아는 건 중요하지 않다. 내가 배울 수 있고 나와 함께할 수 있는 진실한 사람이 필요하다.

나는 성공과 출세를 위해 더 나은 자리에 오르고자 노력했지만, 번번이 실패하고 말았다. 비록 처지가 암담하고 힘들어도 참다 보면 좋은 날이 오겠지 생각하면서 버텨왔는데 어느덧 절망감을 느낀다.

커다란 칸막이 사이로 헛된 언어들이 나부끼고 공간과 공간 사이에는 서열과 계급이 우뚝 솟아 있는 곳에서 길을 잃었다. 전문가로 살고 싶었는데 전혀 전문가 대우를 받지 못하는 상황에서 스스로 자포자기 심정이 되기도 했다. 나는 보란 듯이 잘살고 싶었다. 그리고 떳떳이 세상 앞에 서고 싶었다. 내 욕심이 지나쳤는지 모르겠지만, 현실은 호락호락하지 않았다.

이순신 장군은, "장부로 태어나 나라에 쓰이면 목숨을 다해 최선을 다할 것이며, 쓰이지 않으면 물러나 농사짓는 것으로 충분하다"라고 했다. 어쩌면 나는 일신의 안위를 위해 부질없는 욕망으로 세상을 어지럽히고 사는 게 아닐까 곱씹어본다. 어떤 자리에 앉아 있었냐가 중요한 것이 아니라 어떤 일을 했는지가 중요하다는 것을 잊고 지냈다.

마음은 뭐든지 할 수 있을 것 같은데 막상 머리와 몸은 따라주지 못한다. 열정도 사그라들고 기억력도 쇠잔해졌다. 힘차게 달리기를 하고 싶은데 무릎과 발이 말을 듣지 않는다. 세월이 야속하지만, 이제는 받아들이고 살아야 한다. 때로는 컴퓨터 앞에서 글을 쓰는 일보다 몸으로 지칠 때까지, 땀 흘리고 일할 때 살아 있다는 희열이 강렬하게 느껴진다. 나이가 들수록 삶은 더 분명해지고 처절해진다.

에밀 아자르는 《자기 앞의 생》에서 '삶은 완전히 희거나 검은 것은 없다. 흰색은 흔히 그 안에 검은색을 숨기고 있고, 검은색은 흰색을 가지고 있다'고 했다. 삶은 보이는 것처럼 명확하지 않다. 생각에 따라서는 앞과 뒤의 순서가 달라진다. 축 처진 어깨 위로 슬픈 새 한 마리 내려앉으면 삶은 고통스럽다. 이럴 때는 묵묵히 묵언수행의 길을 간다.

지금의 처지가 어렵고 곤란하다고 자기 연민에 빠져서 허우적댈 필요가 없다. 차라리 그 시간에 나에게 좀 더 집중하고 살아야 한다. 사람들은 왜 자신이 아닌 타인에게 관심이 많을까? 자기 길만 똑바로 가면 되는데, 괜히 옆 사람이 가는 길에 딴지를 걸고 이러쿵저러쿵 얘기하기를 즐긴다. 그들은 누구는 어떻고, 누구는 어떻다네 하면서 경솔하게 평가한다. 어느 정도는 맞는 것도 있지만 실제로는 상당한 괴리가 있었다. 이유는 여러 가지다. 상황에 따라서 사람들의 태도, 이해관계가 달라지기 때문에 어느 관점에서 봤느냐에 따라 천양지차다.

내가 평가 업무를 하면서 만난 사람 중에서 정말 불성실하고 정신이 쏙 빠진 직원이 있었다. 제때 자료를 내지 않을뿐더러 내용 역시 형편없었다. 그런데 얼마 후에, 그 당시 그 직원은 자식이 아프고 결국에는 아이를 잃었다는 사실을 알았다. 그런 상황에서는 어떤 사람이라도 평정심을 유지할 수 없었을 것이다. 이렇듯 모든 상황을 알 수 없기에 실제로는 오해할 수밖에 없는 경우가 허다하다.

직장 내 인사철이 돌아오니 별의별 소문이 가득하다. 인사에 민감한 직장에서 일하다 보니 인사철에는 각종 말들이 떠돈다. 그중에는 경쟁자 측에서 일부러 퍼뜨리는 악의적 소문도 적지 않다.

나는 그런 험담에 쉽게 동조하지도 않고 맞장구도 치지 않는다. 인사에 크게 관심도 없을뿐더러 가능한 한 내가 실제 겪어본 것이나 사실에 대해서만 근거 삼아서 판단하려고 노력한다. 타인에 대한 이야기를 좋아하는 사람들은 자존감이 낮고 자격지심이 심하다. 고만고만한 사람들이 모여서 이 사람, 저 사람 잘근잘근 씹어가면서 뒷담화하는 모습을 보면 안쓰러운 생각이 든다. 그런 사람들이랑 근무하다 보면 참 머리 아프고 답답하다. 남들의 일거수일투족을 현미경으로 관찰하듯이 들여다볼 시간에 자기 일에 좀 더 집중하면 얼마나 좋을까.

나의 문제는 타인이 아닌 나로부터 비롯된다. 세상은 남의 눈이 아니라 나의 눈으로 봐야 한다. 남이 쓴 소설에 감명받기보다는 내 삶을 녹여내야 한다. 남이 쓴 시에 감동받기보다는 내 생각을 다듬어야 한다. 남이 그린 그림에 매혹되기보다는 어설프더라도 나의 손으로 스케치해야 한다. 남의 노래를 따라하기보다는 나의 노래를 만들어서 불러야 한다. 헛된 망상에 빠져 남의 그림자를 쫓기보다는 내 내면을 들여다봐야 한다. 그리하여 내 인생의 길을 만들어야 한다.

　남들의 평가에 휘둘리지 말아야 한다. 그냥 내 삶을 나만의 스타일로 색칠하고 살아야 한다. 다른 사람들이 만든 틀 안에 나를 억지로 맞추기보다는 내가 세상의 틀을 만들어야 한다.

　인간의 믿음은 대부분 합리적 판단이나 기준 없이 주관적 생각이 투영된다. 그런 믿음이 성공을 가져다주기도 하지만 헛된 믿음은 파멸로 이끌기도 한다. 인간은 있는 그대로 믿는 것이 아니라, 믿고 싶은 대로 믿는 순간부터 불행이 시작된다. 때로는 너무 진지한 것보다는 가벼운 것이 낫다. 이곳이 아니라도 어디든 사람 사는 곳에서는 별반 다르지 않을 것이다. 자유롭게 살아야 한다. 레이먼드 카버의 시 〈마지막 조각 글〉은 이렇게 노래한다.

　그럼에도 너는
　이 생에서 네가 얻고자 하는 것을 얻었는가?

　그렇다.

　무엇을 원했는가?

　나 자신을 사랑받는 사람이라고 부르는 것.
　이 지상에서 내가 사랑받는 존재라고 느끼는 것.

우리는 거대한 욕망에 사로잡혀서 무한 경쟁과 타인에 대한 시기와 질투 속에 자아를 상실하고 있다.

나 자신을 무한히 신뢰하고 끝까지 사랑해야 한다. 바람은 싱그럽고, 하늘은 맑고 참 좋은 날씨다. 곧 아름다운 장미꽃의 향기가 그윽할 것이다. 어제의 짙은 어둠은, 오늘을 사는 나에게 밝은 새벽이 될 것이다. 세상사 근심 걱정 잠시 잊어버리고, 이대로 사는 것도 나쁘지 않은 듯싶다. 지금 내가 앉은 자리에서 얼마든지 숨을 쉴 수 있는데 괜히 위축되어 주변 사람들을 힘들게 했다.

그냥 스치듯 가벼운 마음으로 살아야겠다. 내 마음을 내가 잘 길들이고 단단히 키워야 한다. 부정적인 생각을 버리고 모든 것을 긍정적으로 생각하면 분명히 좋은 일이 생길 것이다. 내가 세상의 주인이기 때문이다.

내 인생의 책들

　많은 사람들이 그러하듯 나 역시 책 읽기를 체계적으로 익히거나 배운 적이 없다. 그냥 아무 생각 없이 읽다 보니 자연스럽게 책이 보여준 길을 따라 관심사가 생겨나고 다음 책을 고르는 데 익숙해졌다. 책을 읽을 때면 잡다한 생각이 사라지고 마음이 편안해진다. 《자본론》의 저자 칼 마르크스는 딸 제니와 이런 대화를 나눴다고 한다. "아빠가 생각하는 행복이란 무엇인가요?" "싸우는 것이다." "그럼 불행은 뭐예요?" "굴복하는 것이다." "가장 좋아하는 일은?" "책장에 파묻히기!" 이 위대한 사상가조차 책읽기를 갈망하고 있음을 알 수 있다.

　내 고향은 외딴 시골이어서 교과서 외에는 별다른 읽을거리가 없었다. 그나마 집 건너편에 작은 목장을 운영하는 집이 있었는데, 거기 가면 읽을 만한 잡지나 만화가 있었다. 한번은 거기서 정암 조광조를 다룬 역사 만화를 발견했다. 조광조와 신진 사림은 성리학적 정치 이념에 따라 조선 사회를 개혁하려 했고, 위기감을 느낀 훈구파는 결국 기묘사화를 불러일으킨다. 훈구파가 조광조를 모함하려고 벌레를 이용해서 나뭇잎에 '주초위왕(走肖爲王)'이라는 문구를 새겨넣는 대목을 읽을 때, 나도 모르게 마른침을 삼키며 긴장하던 기억이 아직도 엊그제 일처럼 생생하다. 물론 주초위왕 이야기가 픽션일 가능성이 높다는 사실을 나중에 알았지만, 그게 뭐 대수랴. 그 덕분에 시골 한 코흘리개 꼬맹이가 역사에 처음 관심을 가지게 되었으니 그저 고마울 뿐이다.

역사의 아이러니라고 해야 할까, 조광조 문인이었던 집안 어르신이 피해를 입으면서 우리 집안이 남쪽으로 이주한 것을 보면 이 또한 남다른 인연은 인연이 있었던 듯싶다.

중학생 시절에는 직장생활을 하던 둘째 형이 추리소설 전집을 사 왔다. 형은 매우 흡족한 표정으로 허름한 방 책장에 전집을 가지런히 진열해 놓았다. 덕분에 나는 '셜록 홈즈', '괴도 루팡', '에르퀼 푸아로', '미스 마플'을 만나 천국의 나날을 보냈다. 그들과 경쟁하며 미스터리 사건을 해결하기 위해 머리를 쥐어뜯었다. 가끔 어디서 흘러왔는지, 낡은 세계문학전집 몇 권이 내 손에 들려 있기도 했다. 성적 호기심이 넘쳐나던 그 또래 아이들처럼 나는 야한 구절을 찾아 두꺼운 책을 샅샅이 뒤지곤 했다. 조반니 보카치오의 ≪데카메론≫, 앙드레 지드의 ≪좁은 문≫은 성적 상상력을 최고조로 끌어올려 준 안내서였다. 고맙고 감사하다.

그 당시 글쓰기에 자신감을 심어준 분은 국어 선생님이었다. 하루는 선생님이 학교를 졸업한 선배들에게 편지를 쓰라고 했다. 어려운 학교 환경을 개선하기 위한 기금을 모으기 위해서란다. 그런데 국어 선생님은 내가 쓴 편지를 칭찬하면서 반 친구들 앞에서 읽어주셨다. 예상치 못한 칭찬에 어깨가 으쓱 치솟아 올랐다. 어쩌면 글쓰기에 대한 애착과 애증은 그때부터 시작되었던 듯하다. 중학교 시절은 나에게는 변화의 시기이자 사춘기였다. 노래를 좋아하지 않았지만 처음으로 흥얼거렸던 노래는 가수 이선희가 불렀던 〈J에게〉였다. 이유는 간단했다. 마침 내 이름에 J가 두 번 들어가서 내 이야기처럼 들렸기 때문이다.

영화와 드라마에 관심을 가지고 유행가 가사를 적어 외우기도 했다. 마음속으로 한 여학생을 좋아하던 아련한 시절이었다. 고등학교 시절에는 입시 핑계로 교과서 외에는 제대로 읽은 책이 별로 없었다. 다만 유안진 작가의 수필집 《지란지교를 꿈꾸며》를 곁에 두고 자주 들여다보던 기억이 난다.

대학 입학 후에는 수업에 들어가지 않고 도서관에서 시간을 보냈다. 어수선한 시국에 학교 수업이 눈에 들어올 리 없고, 그렇다고 학생운동에 온몸을 던져 불사르지도 못했던 탓이다. 왜인지는 모르겠지만 《삼국지》, 《수호지》, 《초한지》, 《장자》 같은 중국 고전을 주로 읽었다. 어쩌면 먼 과거로 건너가 어지러운 현실을 잠시 잊고 싶었는지도 모르겠다. 무엇보다 책이 두툼해서 시간을 흘려보내기에 좋았다.

대학 생활에 끝내 적응하지 못하고 무작정 서울로 올라와 트럭 조수도 하고 인쇄공장에 다니기도 했다. 이때 체험을 다룬 소설을 쓰기도 했다. 제목은 거창하게도 '노동별곡'. 물론 끝을 보지 못하고 중단하고 말았다.

군대에 가서는 남들 눈치 보지 않을 만큼 고참이 되었을 때 다시 책을 집어 들었다. 가장 기억에 남는 책은 나상만의 장편소설 ≪혼자 뜨는 달≫이다. 당시로서는 수위가 높은 연애소설이었는데, 혈기 왕성한 수컷들이 득시글대는 부대에서 선풍적인 인기였다. 마초 같은 사내와 순종적이고 여린 여성이 주인공으로 등장해서 전근대적인 남성 판타지를 자극하는 내용인데 왜 그처럼 인기를 끌었는지 모르겠다. 어쨌거나 신산한 군생활을 잠시나마 잊게 해주었으니, 책 읽기 목록에 기꺼이 기록할 만하다.

군대를 다녀온 뒤로는 한동안 우리나라 대하소설을 즐겨 읽었다. 해방 이후부터 한국전쟁까지 벌교를 중심으로 좌·우익의 극심한 대립 과정을 담은 조정래의 ≪태백산맥≫은 서사는 물론이고 남도 특유의 투박하고 맛깔스러운 사투리를 읽는 재미가 어머어마하다. 최명희의 미완성 유작 ≪혼불≫은 구한말과 일제강점기 남원을 중심으로 시대의 흐름에 휩싸인 인물들의 비극적 사랑과 아픔을 그린다. 특히 작가는 집요하고 악착같이 고증을 거쳐 그 시대 민초의 생활상을 세밀하면서도 서정적으로 펼쳐 보여준다. 하동 평사리를 배경으로 최참판댁이 일제강점기를 거치며 몰락해가는 과정을 애절하고 유장하게 그려 낸 박경리의 ≪토지≫도 단연 읽는 이를 압도한다. 이들 소설은 두고두고 내 책장에서 가장 손이 닿기 편한 자리를 차지하고 있다.

생각해보면 학창시절의 독서는 마구잡이식이었다. 눈에 띄는 대로 손에 잡히는 대로 읽었다. 나를 객관화하고 그때그때 필요한 책을 체계적으로 읽었더라면 내 안이 더 풍성해졌을 텐데 하며 머리를 쥐어박곤 한다. 독서노트 쓰는 습관을 한참 나중에야 길들인 것도 못내 아쉽다. 독서를 잘하기 위해서는, 책 내용을 내 삶에 축적하기 위해서는 반드시 독서노트를 써야 한다. 뒤늦게야 깨달은 진리다.

스스로 질문하고 능동적으로 책을 읽어야 한다. 공자는 "읽기만 하고 생각하지 않으면 남지 않는다"고 말했다. 다소 역설적이지만, 효과적인 독서가 되기 위해서는 먼저 엉성하지만 짧은 글을 써보는 것이 필요하다. 독서란 누군가의 글을 읽는 행위인데, 단순히 읽기만 반복하다 보면 생각이 깊어지거나 축적되지 않는다. 자신이 직접 글을 쓰다 보면 어떤 주제를 잡고, 어떤 소재와 단어를 선택할지 고심할 수밖에 없다. 직접 글을 써보면 내가 작가의 입장이 되어 독서를 할 수 있다. '쓰는 것처럼 읽다 보면'책에 쓰인 문장과 내용에 좀 더 감정 이입할 수 있고, 작가가 행간에 감추어놓은 의미까지 명확하게 파악할 수 있다.

나의 사회생활은 순탄치 않은 사건의 연속이었다. 30대 중반에는 사업 실패의 충격으로 마음의 상처가 깊어져서 집 밖에 나가지 못했다. 스스로를 어둡고 좁은 방 안에 가두고 세상과 단절했다. 깊은 절망에 갇혀 길을 잃어버렸다. 방황의 시간은 꽤 길었다. 오로지 술에 취해서 살았다. 그러다 한동안 잊고 살았던 책을 다시 들었다. 닥치는 대로 읽었다. 며칠 밤을 지새우며 세계문학전집을 읽었다. 루쉰의 ≪아Q정전≫을 통해서 나의 비겁함을 보았고, 헤밍웨이의 ≪노인과 바다≫를 통해서는 삶의 치열함을 배웠다. 프란츠 카프카의 ≪변신≫에서는 열심히 살았지만 쓸모없는 인간으로 전락할 수밖에 없는 주인공을 통해서 어떻게 사는 게 잘사는 것인지를 깨달았다.

그들의 지지와 격려가 없었으면, 나는 다시 세상 밖으로 나오지 못했을 것이다.

직장인이 된 나는 몇 번의 이직과 신분의 등락을 거듭했으며, 지금 여기에 있다. 운명은 때로는 내 의지와 상관없이 결정된다. 여기는 나와 어울리지 않지만 적응하고 살아야 한다. 내가 좋아하는 것만 하고 살 수는 없다. 아프지만, 이 사실을 받아들일 나이가 됐다. 세상을 원망하는 것은 부질없다. 나는 여전히 경계에 서 있다. 경계에 서 있는 사람들은 항상 불안하다. 불안을 떨치기 위해서 두 가지 길을 선택해야 한다. 맞설 것인가, 포기할 것인가? 불안한 경계를 벗어나기 위해서 애써보지만, 연전연패를 거듭하고 있다. 세상은 만만하지 않은 견고한 철옹성이다. 무조건 노력하고 열심히 한다고 능사가 아니다. 이왕 시작했으면 잘해야 한다.

우리 사회는 이율배반적이고 철저한 계급사회다. 진실한 모습을 드러내기 힘들고, 개개인의 자율성은 배제된다. 직장생활은 삶의 애증이 교차하는 곳이다. 상처는 장소와 시간을 가리지 않고 마음을 짓누른다. 눈물 흘리고 주저앉고 넘어진다. 그럼에도 살아가야 할 날들이 남았으니 또 다시 일어서야 한다. 이것이 인생이다. 내게 다시 일어설 힘을 북돋아준 자양분은 책이다. 책의 어느 한 문장에서 불현듯 엷은 희망을 찾는다.

깊은 어둠과 진한 새벽을 건너지 않고는 밝은 아침을 맞이할 수 없다.

    사람이 성장하기 위해서는 몇 가지 조건이 필요하다. 첫째, 사람이다. 사람에게 가장 큰 영향력을 미치는 존재는 사람이다. 누구의 가르침을 받느냐에 달라지고, 누구를 만나느냐에 따라서 운명이 달라진다. 좋은 사람을 만나서 선한 영향력을 받는 것이 필요하다. 둘째, 경험이다. 경험은 삶의 여정에서 직접 보고 느끼고 체험하면서 터득한 산물이다. 다양한 경험은 삶의 지혜를 높여준다. 셋째, 교육이다. 우리는 사회의 구성원으로 살아가기 위해 학교에서 배움과 학습을 받는다. 여기에서 멈추지 않고 살아 있는 동안 끊임없이 새로운 지식과 지혜를 습득해야 한다. 한순간이라도 배움을 멈춰서는 안 된다. 넷째, 독서다. 독서는 간접경험과 학습의 효과를 끌어올려 준다. 독서의 중요성은 여기에서 비롯된다. 책을 얼마나 많이 읽었는지보다는 어떻게 활용하는지가 중요하다. 책을 내적 성장의 도구로 사용해야 한다. 기계적 책 읽기는 그저 시간을 허투루 낭비하고 소비할 뿐이다. 고전에 주목해야 할 이유도 여기에 있다. 고전이 따분하고 고루하다는 생각은 편견이고 오해다. 오히려 고전은 기존 관습과 통념의 틀을 깨면서 늘 새롭게 읽힌다. 그래서 세월을 견뎌내고 살아남았으며, 현대인에게도 파격과 전복의 상상력을 자극한다.
    동시대 작가들이 쓴 책을 고를 때는 좀 신중한 편이다. 작가의 과거 행적이나 평판도 고려의 대상이다. 아무리 좋은 작품일지라도 사회적 지탄을 받는 작가의 작품은 가급적 피한다.

나에게 도움을 주는 책인지, 내가 정말 관심을 가진 분야인지, 그 책을 먼저 읽은 분들의 평가가 어떤지 꼼꼼히 따진다. 가끔 주변에 독서를 즐겨하는 분들로부터 책을 소개받기도 한다. 최근 소개받은 작품 중에서 터키 작가 아지즈 네신의 ≪이렇게 왔다가 이렇게 갈 수는 없다≫는 풍자문학의 정수를 보여준다. 작가는 정부를 비판했다는 이유로 시골 마을로 유배당하는데, 그곳에서 만난 숱한 인간군상을 우스꽝스럽게 희화화하면서도 따스하게 묘사한다.

그는 그 당시 고통스러운 시간을 원망하기보다는 그 아픈 시절이 자기를 성장시켰다고, 오히려 고마워한다. 인생의 진정한 가치는 고난에 굴복하지 않고, 계속해서 전진하는 것임을 새삼 느낀다. 니꼴라이 고골의 단편 〈코〉, 〈외투〉, 〈광인일기〉, 희곡 〈검찰관〉은 19세기 러시아 관료사회의 모순, 조직의 비정함, 인간성 상실의 모습을 냉소적으로 풍자한다. 고골이 그려낸 스산한 풍경은 오늘날 우리 사회의 모습과 그리 다르지 않다.

분야로 보자면 역사 관련 책을 가장 즐겨본다. 독서 편식의 위험을 알지만, 마음이 가는 건 어쩔 수가 없다. 최근에 사마천의 ≪사기≫, 일본 전국시대를 다룬 야마오카 소하치의 ≪대망≫, 만화로 그린 ≪도쿠가와 이에야스≫, 우리나라 역사물인 ≪환단고기≫, 고전연구실이 번역한 ≪신편 고려사≫, 박시백의 ≪조선왕조실록≫ 등에 푹 빠져서 읽곤 했다.

흔들리던 30대 중반에 시작했던 여러 독서모임을 통해서 폭넓은 독서 요령을 체득했다. 철학을 전공한 교수, 전직 대학 도서관장, 전문작가, 평생을 독서가로 살아가는 분들로부터 여태껏 접해 보지 못했던 철학, 역사, 고전인문학 책에 대한 심오한 내용을 배우고, 다른 사람들의 감상을 들어보면서 내 생각을 갈무리하기도 했다.

50대 초반까지는 직장 내 독서모임에 적극적으로 참여하고 회원들 앞에서 발표하기를 주저하지 않았다. 최근 들어 아쉽게도 열정이 식어가고 있다. 왠지 함께 책 읽는 것이 부담스럽고 괜스레 번잡스럽게 느껴진다. 슬럼프가 온 듯싶다. 솔직히 독서는 혼자 읽는 것보다 여럿이 모여 책을 읽고 이야기하는 게 훨씬 유익하다. 다른 이들의 생각을 엿볼 수 있고, 시야가 확장될 테니 말이다. 그런데 왜 그 좋은 독서모임이 어렵게 느껴질까? 내가 가진 지식 밑천이 드러날까 봐 그랬나? 이런 부질없는 중년의 감수성이라니……. 과거의 경험을 되돌아보면서 제대로 책을 탐독하고 열정적으로 독서모임에 참여해 봐야겠다. 독서는 삶에 필요한 나침반이다. 나침반처럼 독서를 통해서 흔들리는 인생의 나아가는 방향과 목표를 바로 세워야 한다.

살다 보면 쉽게 상처받기 마련이다. 애써 잘 관리하고 있던 우울한 감정이 스멀스멀 올라온다. 이럴 때 흔들리는 마음을 다잡기 위해서는 독서가 안성맞춤이다. 독서를 통해서 심란한 마음을 달래야 한다. 내가 책을 읽는 이유는 현실에서 도피하기 위해서가 아니다. 더 치열하게 살아내기 위한 욕망 때문이다.

태도가 운명을 만든다

살면서, "당신은 태도에 문제가 있다"라는 말을 듣는 경우가 더러 있을 것이다. 이런 말을 들으면 기분이 상한다. 하지만 태도가 무엇인지 제대로 아는 사람은 드물다. 태도는 추상적인 단어 같지만, 때로는 아주 디테일하고 구체적이다. 태도를 모아보면 그 사람 됨됨이와 가치관을 어느 정도 유추해볼 수 있다. 타인을 이해하기 위해서는 역지사지가 필요하다. 내가 하기 싫으면 남들도 하기 싫은 게 인지상정이다. 내가 눈살 찌푸릴 일이면 남들도 마찬가지다.

내가 나를 어떻게 생각하느냐도 중요하지만, 남이 나를 어떻게 보고 있는지도 중요하다. 모두가 나를 좋아하지도 않지만, 모두가 나를 싫어하지도 않는다. 특별한 이유가 있어서 그런 게 아니다. 단순한 사소한 말 한마디, 작은 행동에 의해 달라진다.

태도를 보면 외형의 모습뿐만 아니라 교묘히 감춰진 내밀한 생각과 뉘앙스까지 가늠할 수 있다. 흔히 실패나 좌절로 몸부림칠 때 모든 문제의 원인은 자신에게 있다고 자책하고 얼버무린다.

자신의 문제를 톺아봐야 한다. 다소 비약적으로 들릴 수도 있겠지만, 인생이 잘 안 풀리는 이유는 태도와 무관하지 않다. 사회생활을 하면서 마주하는 사람들은 백인백색이고, 상황은 끝없이 천변만화한다.

나의 마음대로 흘러가는 경우는 거의 없다. 그럴 때 내가 내뱉는 말들과 제스처들이 켜켜이 쌓여 부지불식간 자신의 태도가 된다. 평소에 쓰는 부정적인 언어, 비관적인 자세도 자신의 태도가 된다.

사람에 대한 평가나 잣대가 실력이나 외모에 좌우되는 것 같지만 실상은 태도에서 갈라진다. 태도의 사전적 의미는 '어떤 일이나 상황에 직면했을 때 가지는 입장이나 자세'다. 어떤 사안에 대해 사람들의 반응을 살펴보면 누구는 긍정적이고, 누구는 부정적인 태도를 보인다. 그렇다면 어떤 사람이 호감 있는 사람으로 비춰질까? 당연히 긍정적인 태도를 보이는 사람일 것이다.

희로애락이 얼굴에 그대로 표출되는 사람은 쉽게 그 마음을 헤아릴 수 있다. 반면 감정표현을 숨기는 사람들은 도대체 무슨 생각을 하고 있는지 알아채기가 힘들다. 포커페이스로 중무장한 사람이라도 미세한 몸짓과 행동을 관찰하면 대략 감정을 알아챌 수 있다.

때로는 태도를 인식하는 것이 본인이 아니라, 상대방이 어떻게 받아들이느냐에 따라 결정된다. 어느 날 시의회 행정사무감사에서 있었던 이야기다. 어느 피감기관의 임원이 간담회 자리에서 친분을 내세워 시의원에게 자기네 기관 문제와 관련한 질문을 할 때 편의를 봐달라고 이야기했던 모양이다. 그 임원과 시의원은 그전부터 잘 알고 지내던 사이였다고 한다. 그런데 시의원은 단박에 피감기관 임원의 태도를 문제 삼았다. 아무리 사적으로 친밀한 사이라도 공적으로 처리해야 할 사안을 가볍게 여기고 부탁한 태도는 경솔한 행동이라고 질책한 것이다. 바로 이것이 태도의 핵심이다.

태도는 경계가 불명확하여 본인은 자각하기 어렵지만, 상대방은 곧바로 느낄 수 있다. 아무리 친한 사이라고 해도 공(公)과 사(私)를 구분해야 한다. 부탁할 게 있고 부탁하지 말아야 할 게 있다. 자칫 청탁으로 보일 수 있기 때문이다.

나 역시 태도를 별로 대수롭지 않게 생각했던 적이 있다. 태도가 뭔지도 잘 모르고 행동했거니와 다른 사람의 눈치를 보지 않고 나답게 사는 것이 멋지다고 생각했기 때문이다. 이런 행동은 자칫 잘못하면 건방지고 독불장군 같은 사람으로 보일 수 있다. 얼마 전에 내 생각이 옳다고 회의 석상에서 인상 쓰고 큰소리를 낸 적이 있다. 잠시 참으면 될 일이었는데, 그만 욱해서 상대를 윽박질러 싸움을 자초하였다. 흥분하지 않아야 했고, 아무리 흥분했더라도 기본적인 예의를 지켜야 했는데 그러지 못했다. 금방 후회가 밀려왔지만 이미 엎질러진 물이었다. 최대한 절제하면서 차근차근 대응해야 한다. 시간을 안 지키는 것도, 화를 내는 것도, 거친 성격도, 신경질적인 반응을 보이는 것도 습관이다. 이런 안 좋은 습관이 모여서 태도의 뿌리가 된다.

진지하게 경청해야 하는 자리에서 거만하게 팔짱을 끼거나 심드렁하게 거드름을 피우는 행동을 하면 상대방은 자신을 깔본다고 생각할 것이다. 나 또한 수시로 감정을 드러내는 경우가 많았는데 이는 신중하지 못한 태도다. 직장에서 늘 불평불만을 늘어놓고 매번 그만두겠다고 말하다 보니 양치기 소년처럼 신뢰감을 잃어버렸다. 힘들더라도 웃음 짓고 자상한 얼굴로 동료들을 대해야 한다.

굳이 속마음을 드러낼 필요가 없다. 평판은 하루아침에 만들어지는 것이 아니라 여러 태도들이 모여서 형성된다. 물론 생각 없이 쏟아내는 무수한 말들도 조심해야 하지만 실상은 작은 습관이나 행동들을 더욱 유의해야 한다.

정신없이 살다 보면 생각하는 대로 사는 것이 아니라 사는 대로 생각한다. 이는 본질을 모르기 때문이다. 그저 보여지는 현상보다는 본질을 잘 파악하고 이해해야 한다. 엉뚱한 곳에서 답을 찾거나 핵심을 벗어난 삶은 고달프다. 이 세상 혼자 살지 않는 이상 사회적 규범에 적절하게 대응하면서 살아야 한다.

개인의 태도에 대한 평판이 좋아지면 당연히 신뢰도가 상승한다. 신뢰도가 상승하는 개인이 많아질수록 그 집단의 사회자본도 확장된다. 자기 멋대로 행동하다 평판은 엉망이 된다. 평판이 엉망이 되면 사회생활이 힘들어지는 것은 자명하다. 명성을 쌓는 것은 어렵지만 무너지는 것은 한순간이다.

물론 보이지 않는 마음도 무시할 수 없다. 하지만 내 마음이 상대방을 배려하고 존중한다고 해도, 그게 밖으로 표현되지 않는다면 무슨 소용일까. 따라서 마음을 적절하게 드러내서 보여줘야 한다. 분명한 것은 태도의 기술이 사람의 운명을 결정한다는 것이다. 데카르트는, "할 수 없다고 생각하면 절대로 할 수 없다. 결국 그런 생각으로는 어떤 일도 불가능하다"고 했다. 부정적인 생각보다는 긍정적인 시각으로 세상을 살아야 한다.

지금까지 내 거친 삶의 이유 중 하나는 잘못된 태도라고 할 수 있다. 나를 성찰하고 좀 더 긍정적인 자세를 가져야 한다. 있는 그대로 부족한 것을 인정하고 고치려는 노력도 필요하다. 그저 주저앉아서 신세 한탄하기보다는 내 태도부터 바르게 해야 한다. 말 한마디에도, 행동 하나에도 우아한 품격을 담아야 한다.

MZ세대라는 리트머스

인류는 타자를 구분하고 차이를 발견하는 과정을 통해 자아를 발견해 왔다. 그런데 인종이나 세대를 구분하고 규정짓는 성급한 행위는 '일반화의 오류'를 불러일으키며 선입관과 차별과 혐오에 빠지기 쉽다. 과거에 우리는 노예제도와 나치의 유대인 말살 정책을 통해 민족과 피부색에 따라서 사람을 편 가르고 배척하는 게 얼마나 비극적인 결과를 가져오는지 뼈저리게 경험했다.

특정한 세대나 인구집단에 대해서 어떤 색깔을 덧씌우면 다양성이 가려지고 진실이 왜곡된다. 요즘 세대차이가 새삼스레 우리 사회의 화두로 떠올랐다.

세대차이는 어느 나라, 어떤 시대를 막론하고 당연히 나타나는 사회현상이다. 시대 배경과 환경 요인이 바뀌면서 그 이전과 이후 세대 사이에는 다양한 간극이 발생할 수밖에 없다. 고대 이집트 피라미드의 벽과 메소포타미아와 수메르 점토판에는 '요즘 젊은이들은 버릇이 없다'는 내용이 적혀 있다고 한다.

세대차이는 예나 지금이나 사회적 골칫거리다. 윗세대는 아랫세대가 버릇없고 세상물정 모르고 감정을 앞세운다고 우려한다. 젊은 세대는 이미 기성세대가 만들어놓은 질서가 답답하고 낡았다고 생각한다. 배신감에 사로잡힌 기성세대와 반항심을 품은 신진세대는 늘 서로에게 의심의 눈길을 보낸다. 세대 간 갈등은 필연적으로 마주해야 하는 사회적 현상이다.

바비 더피는 ≪세대 감각≫에서 진화인류학적 관점으로 인간의 생각에 오류가 생기는 이유는 '우리는 패턴을 찾게끔 프로그램이 되어 있다. (…) 무리를 이루고 있는 것을 보면 디자인이 있다거나 그 뒤에 의미가 있다고 생각하는 경향이 있다. (…) 단일한 원인을 알고 싶어 하며, (…) 단순성을 원하기 때문에 우리는 조치가 필요한 대상을 명확하게 특정하게 된다. (…) 문제의 원인과 해법을 단순화하는 것은 만족함을 준다'고 세대론의 등장 배경을 설명한다.

나는 어느덧 기성세대, 이른바 꼰대가 되었다. 당연한 이치지만, 내게 MZ세대의 사고방식과 행동을 해석하고 받아들이기란 여간 쉽지 않다. 그들은 공정과 정의로움에 대한 첨예한 기준점을 세우고, 여기에 어긋나는 순간 가차 없이 비판하고 절교한다. 또 기존 질서에 편입되기보다는 스스로 사회의 주인공으로 나아가려는 성향이 강하다. 다소 이기적이고 집단지성의 역량이 부족한 것 같아 다소 아쉽지만, 그럼에도 기성세대보다는 뚜렷한 소신을 가지고 당당하게 행동하고 처신하는 것 같다.

MZ세대는 밀레니얼세대와 줌세대(젠지)를 합친 개념이다. 예전에도 이와 비슷하게 세대를 구분하여 X세대, Y세대, Z세대라고 불렀다. 이 중에서 Y세대가 밀레니얼세대와 겹친다. 이들은 대다수 베이비붐 초기 세대의 자녀들이며 1981~96년 사이에 출생했다. 밀레니얼세대는 유년-청소년기에 새천년을 맞이했으며 급격한 변화에 익숙하다. Z세대는 1990년대 중반에서 2000년대 초반 사이에 태어났으며, 유년기부터 휴대폰과 스마트기기를 가지고 놀면서 성장했다.

MZ세대는 디지털 환경에 익숙하고, 트렌드에 민감하며 이색적인 경험을 추구한다. 스마트기기 관련 새로운 기술과 정보를 재빠르게 받아들이고, SNS를 활용해서 자신을 내보이는 데 열정을 쏟는다. 또 하나 주목할 점은 MZ세대가 일과 삶의 균형을 매우 중요하게 인식한다는 사실이다. 이들은 기성세대처럼 일의 노예가 되기를 거부하고, 직장에 목매달지도 않는다. 이들은 '워라밸', '조용한 사직', '파이어족' 같은 신조어를 만들어냈다.

미국의 연구기관 퓨리서치센터에서는, "역사상 처음으로 5세대가 한 직장에서 일하는 시대를 맞았다"며 세대 간 갈등을 우려하고 있다. 우리나라의 경우 대통령 선거와 지방선거를 거치면서 감춰져 있던 세대 간 간극이 생각보다 훨씬 크다는 사실을 확인했다. 반면 지난 몇 해 동안 세대 간 갈등보다는 남녀 간 젠더 문제가 심각하게 다루어졌다.

내가 일하는 사무실에도 MZ세대가 있다. 젊은 직원들과 근무하다 보면 업무보다는 업무 외적으로 차이를 발견하곤 한다. 아침에 사무실에 들어서면 가벼운 인사라도 나눴으면 싶은데, 멀뚱멀뚱 쳐다보기만 한다. 어색한 분위기가 마음에 걸려 내가 먼저 알은체하는 경우가 많다. 나이 든 직원들은 사적인 전화는 사무실 밖에 나가서 하는 편인데, 젊은 친구들은 사무실에서 큰 소리로 전화하곤 한다.

그들의 눈에 나는 어떤 모습일까? 아마도 여느 기성세대를 바라보는 눈길과 크게 다르지 않을 것이다. 꼰대로 분류되지 않기만을 간절히 바랄 뿐이다. 꼰대는 사사건건 참견하고 어쭙잖은 경험담을 늘어놓는다. 상대방의 마음을 헤아리지 않고, 자기 위주로 이야기를 이끌어간다. 나이와 직위를 앞세워 젊은 세대가 거기에 복종하기를 바라며, 반말과 명령조를 즐겨 사용한다. 본인의 생각과 행동이 무조건 옳고 남은 무조건 틀린다고 생각한다. 틈만 나면 주종적, 착취적 위계질서를 강요한다. 과도하게 타인의 사생활에 참견한다. 몇 살인지, 어디사는지, 부모님이 무엇을 하는지, 차종이 뭔지, 누구랑 사귀는지, 왜그리 궁금한 것이 많은지 계속해서 물어본다. 적당한 거리를 두고 서로 간에 기본예절을 지켜야 하는데 그 기본을 무시한다.

꼰대는 지나친 의전을 요구한다. 윗사람에게 차 문을 열어주고, 직원들의 의사와 상관없이 대화의 날이라고 포장해서 상급 직원과의 식사를 강요한다. 내가 평소에 무의식중에라도 이 정도로 막 나가지 않았기를, 제발!

기왕 기성세대로 낙인찍혔으니, 한마디 구시렁대자면 젊은 꼰대도 있다. 이들은 젊은 패기만 앞세워 잘 알지도 못하면서 천방지축 어지럽히고 일을 그르치곤 한다. 연이은 실수에도 성찰하지 못해서 같은 실수를 반복한다. 단지 육체가 젊다고 해서 청춘이 아니다. 뜨거운 열정과 다양한 생각을 존중하면서 올바른 가치관을 가져야 한다. 그러지 않으면, 그대의 다음 세대에게 생각보다 빠르게 '손절'당할 것이다.

MZ세대가 함께 근무하면서 개선된 점도 많다. 사무실에는 여전히 연공 서열이 존재하지만, 예전처럼 주변을 눈치 보기보다는 자신의 의견을 적극적으로 표현한다. MZ세대는 공직사회에 불합리하게 운영되던 초과근무에 대해서 단호하게 반대한다. 일도 하지 않고 단순히 시간을 끌기 위해 근무하거나, 동료 직원이 대신 체크해주던 관행에도 날카로운 비판을 쏟아낸다. 일도 없는데 저녁식사로 시간을 허투루 보내고, 퇴근 시간 이후 헬스장에서 운동한 후 초과근무를 다는 직원들은 미운털이 박힌다.

연가나 출장을 막내 서무한테 대신해달라고 부탁하던 관행도 부당한 업무지시라고 생각한다. 코로나 탓인지 MZ세대 때문인지 분명하지 않지만, 직장 내 회식문화도 긍정적으로 바뀌었다. 회식이 희망자 위주로 이루어지고, 술을 먹지 않는 직원들에 대한 강요나, 돌아가면서 하는 건배사도 현저히 줄어들었다.

직장 내 게시판을 보면 세대 간 차이를 가늠할 수 있는 글들이 심심치 않게 올라온다. 때로는 치열한 논쟁이 펼쳐지기도 한다. 특히 그동안 암묵적으로 용인되던 잘못된 관행을 비판하는 글이 자주 뜬다. 익명이지만 젊은 직원과 기성세대가 올렸을 게 분명한, 게시판을 달궜던 글을 편집해서 소개한다.

MZ세대: 내 주장을 강하게 말하거나 비판하면 '예의가 없다', '버릇이 없다', '싸X지가 없다', 'MZ세대라서 그렇다'라고 단정하고 비난한다. 나이가 많거나 직급이 높다고 무조건 굽신굽신해야 하는 시대는 MZ세대를 떠나서 바뀌어야 한다. 배울 게 있으면 나이와 직급에 상관없이 배우고, 이를 제대로 알려주고, 이해해줘야 한다. 다짜고짜 명령조로 '이거 해라'가 아닌, 친절하게 '이렇게 하는 게 어때'라고 방법을 알려줘야 한다. 오히려 기성세대가 MZ세대와 2030세대에 편견을 가진 것 같다. 우리는 상식적으로 알고 있는 '윗물이 맑아야 아랫물이 맑다'라는 뜻을 바로 새겨야 한다.

나이가 많은 사람, 팀장, 과장, 국장들이 사무실에 나오면 한가롭게 지내지 않고 일할 수 있는 조직의 체계를 갖추어야 한다. 단순히 연공 서열 위주의 업무 방식에는 불합리한 것들이 많다. 업무 분담이 가장 큰 것이 말단 직원들이다. 이를 개선하기 위해서는 조직에 대한 인력구성, 업무분장, 민원처리량, 직렬별 정원 등을 합리적으로 조정해야 한다. 힘들고 어려운 일을 하는 부서에는 인력을 더 배치하고, 상대적으로 덜 힘든 업무를 하는 부서의 인력을 과감히 줄여야 한다. 또 지금의 인력을 가지고 최대의 성과를 창출할 수 있도록 효율적 조직으로 개편해야 한다.

들어온 지 몇 년 안 된 하위직 공무원 급여가 알바 시급에도 미치지 못

할 정도다. 9급 및 7급 이하 젊은 직원들이 긴 세월과 피땀 흘려 공부해서 들어온 조직을 떠나고 있다. 이유를 툭 까놓고 말하자면 '돈'때문이다. 국가와 지방 그리고 시민을 위해 헌신하고 봉사? 열정페이? 아프니까 청춘이다? 이런 말 하는 사람들에게 욕바가지를 쏟아붓고 싶다. 공무원으로 들어온 이유를 묻는다면? 가장 큰 이유는 먹고살기 위해서다. 그다음으로는 일하면서 느끼는 보람이나 봉사일 것이다. 직원을 채용하였다면 업무한 만큼, 이에 대한 합당하고 정당한 대가를 지급해야 한다. 정부에서 정한 기준 내에서 급여 인상이 안 되면 자체적으로 처우개선 할 수 있는 방안을 찾아야 한다. 특히 하위직 직원들의 아픈 마음과 애환을 위로하고 어루만져 줄 수 있는 시스템을 마련해야 한다. 직원들의 마음이 아픈 것, 업무가 과하게 집중된 것, 자신의 능력에 비해 너무 어려운 업무를 맡게 된 것, 개인적 불편사항 등을 선배 공무원이 카운슬링해 주면 좋겠다. 심리적 안정을 찾을 수 있는 직원 심리상담프로그램 운영과 정신건강 전문가의 상주가 필요하다.

기성세대: 각 세대는 그 세대 나름대로 정의와 공정의 가치를 가지고 있다. 그 어떤 세대도 정의와 공정을 추구하지 않은 세대는 없었다. 오랫동안 그 시대에 맞춰 나름대로 정의와 공정을 제도적으로 디자인하고 추진하는 과정이었다. 정의와 공정도 국가를 둘러싼 여러 환경이 바뀌고 사회계층 구성이 다변화되었다. 경제 여건이 급변하면서 그 개념이 조금씩, 아주 천천히, 또는 아주 빠르게 변했다. 그렇지만, 정의와 공정이 유일한 '선'이라고 성급하게 말할 수는 없다. 옛날의 그리스 철학부터 지금의 철학에

이르기까지 정의와 공정에 대한 개념이 달랐고, 학문의 분야에 따라서 학자들마다 논리가 상이하다. 예전에는 비정규직의 정규직화가 정의라고 생각하는 사람들이 많을 때가 있었다. 그래서 그것이 일부 실현되었다. 불과 몇 년 사이 다시 생각이 달라져 그것은 불공정의 사례라고 여긴 사람들이 다수를 이룬 것으로 보인다. MZ세대가 생각하는 정의와 공정도 달라질 수 있다. 시간이 흐르고, 그 흐르는 시간 속에서 몸도 변화하지만 생각도 바뀐다. 생각이란 두터워지기도 하지만, 깨져서 쪼개지기도 하고 쪼개져 가루가 되어 버린 생각들이 다시 또 다른 생각의 원천이 된다. 기성세대를 공정과 정의에 둔감한 세대로 폄훼하지 않았으면 좋겠다. 꼰대라서, 공정하지 않은 사람들이라고 기피하는 동안, 누군가는 기성세대의 장점을 파악하고, 그들의 이야기를 경청하면서 간접 경험도 축적해 갈 수 있음도 알아야 한다. 소위 꼰대라고 불리는 사람들은 자기 내공의 소중한 알갱이를 조직 후배들에게 전해줄 마음으로 항상 가득 차 있다. 그런데 꼰대라는 소리를 들으면 그런 마음이 싹 사라지는 것이 인지상정이다.

과거의 세대와 달리 MZ세대는 솔직하다. MZ세대가 직장을 선택하는 최우선 기준은 단연 연봉이다. 자신의 능력이 연봉으로 귀결된다고 생각한다. 적성은 다음 순위다. 부모 세대와 달리 평생직장보다는 평생학습에 공감한다.

우리는 MZ세대와 기성세대는 서로가 다른 환경과 조건에 놓여 있음을 인정해야 한다. 또 직장 내 세대 차이는 단순히 세대 간 갈등보다는 직장의 구조적 모순에서 비롯되기도 한다. 만약 세대 간 간극을 좁히고 싶다면, 자기 세대의 잘못을 바로잡는 데서 출발해야 한다.

기성세대는 과거의 장유유서나 연공서열 중심의 사고방식에서 벗어나야 한다. 무엇보다, "내가 살아봐서 아는데", "나 때는 말이야"라는 말은 금기어다. 그 대신 "당신의 그 과정을 존중한다", "당신을 이해하도록 노력하겠다"라고 말해보자. 말이 바뀌면 생각도 바뀐다. 예전에는 당연시했던 위압적인 말투와 행동도 조심해야 한다.

아무 생각 없이 반말을 내뱉고, 손가락으로 까딱까딱 사람을 부르고, 사무실 의자에서 안방 소파처럼 널브러지면 안 된다. 젊은 세대 문제는 젊은 세대가 알아서 성찰하고 바꾸어갈 것이다. 더 이상 말을 늘어놓으면 정말 꼰대가 된다.

어떤 세대에 속하건 서로를 존중하고 배려해야 한다. 단순히 나이가 젊거나 많은 것이 그 사람의 장단점이 될 수 없다. 나이에 걸맞게 즐기고, 경험을 쌓고, 자기 앞의 삶을 제대로 누리는 것이 행복한 생활이다.

괴테는 나이와 상관없이 "자기 자신이 해낸 것을 즐기는, 그리고 자기 자신이 하고 있는 것을 즐기는 사람은 행복한 사람이다"라고 말했다. 사실 나는 온전히 즐기지 못하고 있는 듯하다. 나이가 들어가니 나에게 집중하기보다는 쓸데없이 신경이 쓰인다.

젊을 때는 나름 당돌하고 저돌적으로 살았는데, 요즘에는 주변 사람들 눈치를 적당히 살피고 처신한다. 말을 함부로 내뱉거나 부정적인 언사는 되도록 하지 않으려고 노력한다. 젊을 때는 옷차림에 별로 신경 쓰지 않았는데, 나이가 들수록 왠지 옷차림이 신경 쓰여서 깔끔하게 차려입으려고 노력한다. 나이 든 사람보다는 젊은 사람들이 좀 더 신경 쓰인다. 그래도 내 또래의 눈치 없는 꼰대들과는 좀 다르게 늙어가기를 바라고 또 바랄 뿐이다.

오늘이 가장 빛나는 순간이다

어려울수록 긍정적 생각으로 살아야 한다. 뉴스를 보고 있으면 사회는 늘 불안하고 경제는 항상 어렵고 정치는 매번 시끄럽다. 세상 돌아가는 것이 내 마음 같지 않다고 절망 속에서 살아야 하는 것은 아니다. 하나의 주관적 지표를 보고 모든 것을 판단할 수 없다.

사회는 사회대로, 경제는 경제대로, 정치는 정치대로 나름의 역할을 하고 흘러간다. 전체에 휘둘러서 자신을 잊어서는 안 된다. 다들 어렵다고 하지만 다들 희망을 품고 살아간다. 긍정적 생각으로 오늘보다는 더 나은 내일을 기대해야 한다. 습관적으로 나를 괴롭히는 부정적인 태도를 버려야 한다.

W. 클레멘트 스톤은, "사람들 간의 차이는 미미하다. 그러나 그 미미한 차이가 큰 차이를 만들어낸다. 미미한 차이는 태도이고 큰 차이는 그 태도가 긍정적이냐 부정적이냐 하는 것이다"라고 말했다. 삐뚤어진 시선으로 보면 모든 것이 뒤틀려 보인다. 맑은 눈으로 세상을 봐야 한다. 나 또한 가끔씩 나이가 많아서, 쪽팔려서, 부자연스럽고 엉

거주춤한 모습을 보이는 경우가 많았다. 피하면 피할수록 고립만 자초할 뿐이다.

누구에게나 주어진 시간은 중요하고 공평하다. 1시간이 쌓여 24시간이 되고, 하루가 쌓여 일주일이 되고, 일주일이 쌓여 한 달이 된다. 한 달이 쌓여 일 년이 되고, 그런 날들이 모여 세월이 되고 삶이 된다.

젊을 때는 시간이 더디게 간다고 느꼈는데, 지금의 시간은 브레이크가 고장 난 자동차처럼 질주를 거듭하고 있다. 가늠할 수 없는 엄청난 속도에 문득문득 깜짝 놀라고 감당이 안 된다.

지난 시절 헛되이 보낸 시간들이 고스란히 거센 파도가 되어 덮치고 있는 것 같다. 후회하면 그때는 이미 늦은 것이다. 소중하고 아름다운 시간이나 날들이 따로 정해져 있는 것이 아니다. 살아 있고 느끼고 있으면 특별한 삶이다. 근데 깨어 있어야 했는데 실은 늘 비몽사몽이 아니었을까? 헛된 망상에 빠진 날들이 많다 보니 그런 날들이 결국에는 잃어버린 시간이 되었다. '잠든 사람은 깨울 수 있어도 잠든 척하는 사람은 깨울 수 없다'는 말처럼 거짓된 삶은 나를 왜곡시키고 비굴하게 만들 뿐이다.

괴테는, "사람들은 이해할 수 없는 일은 하찮게 본다"라고 했다. 사람은 이해한 만큼 이해할 수밖에 없다. 남의 생각이 아니라 내 생각이 중요하다. 능동적으로 살아야 한다.

사회적 시그널에 너무 민감하게 반응하다 보면 나만의 길을 찾지 못하고, 스스로 불합리한 모순에 길들어진다. 모두가 맑은 정신으로 살고 있는데 나만 홀로 취해 있는 것 같은 공허함을 느낀다. 어디로 가야 하는지 목표를 잃고, 줏대 없이 이리저리 헤매다 결국에는 남들의 뒤꽁무니를 쫓아다니는 꼴이 된다. 내가 잘살고 있는지 알기 위해서 주변의 눈치를 살피고, 나와 남들이 사는 모습을 비교하면서 상대적 우월감이나 박탈감을 느낀다.

한곳에 너무 오래 머물면 편안함과 익숙함에 새로움은 멀어진다. 혼자만의 세계에 사로잡혀 자기 고집과 틀에 얽매여 살다 보면 생각이 고루해지고, 스스로 고립을 자초한다. 때로는 자기만족에 빠져 시대적 흐름을 망각하고 우물 안 개구리처럼 좁은 시각을 갖고 허우적댄다.

인간은 이기적 마음을 갖고 있기에 시한폭탄 같은 인간관계를 유지한다. 비즈니스 차원의 인연을 맺고, 억지스러운 만남을 이어오다가 서로의 이해관계가 틀어지면 갈등과 미움으로 어긋난다. 모든 사람들과 잘 지내고 싶어도 그럴 수 없다. 그러할 필요도 없다. 모두하고 사이좋게 잘 지낸다는 것은 지나친 욕심일 뿐이다. 스쳐 가는 인연이나 나와 맞지 않는 사람들에 대해 연연할 필요가 없다.

어긋난 인연은 버려야 한다. 아쉬워하거나 안타까워할 필요 없다. 아무것도 버릴 수 없는 사람은 아무것도 얻을 수 없다. 버릴 줄 아는 마음과 유연한 사고방식으로 살아야 한다.

인위적이고, 남에게 보여주기식 삶이 아닌 자유로운 바람처럼 살고 싶다. 누구를 위한, 누구 탓이 아닌 오롯이 내 선택과 의지에 따라 움직이고 싶다. 설령 정해진 운명이 있다고 해도 그 운명에 빠져서 비탄에 젖거나 비루한 인생을 살고 싶지 않다. 과거의 나와 현재의 나는 같지만, 앞으로는 달라져야 한다.

삶도 내 의지와 상관없이 결정되듯이 주변의 많은 죽음들이 가볍게 흘러간다. 강렬한 햇볕이 내리쬐는 여름의 길바닥, 한 무리의 지렁이들이 거친 숨을 헐떡이며 발버둥 치는 모습을 보았다.

축축한 흙 속에서 왜들 나와 어디를 가려고 저러는지 모르겠다. 아마도 희망의 엘도라도를 찾아 대장정을 시작하려나 보다. 비록 더운 날씨지만 이들은 정말로 살려고 나왔고, 살고자 했을 텐데 말이다.

세상은 그리 호락호락하지 않다. 지렁이들이 움직일수록 더욱 뜨거워지는 고통을 애써 참으며 조금씩 앞으로 나아가지만, 한 뼘도 가지 못하는 제자리걸음일 뿐이다. 그들의 정신은 이미 혼절 상태다.

시멘트 바닥에는 죽음의 공포를 이겨내고자 하는 이들의 처절한 몸부림들이 가득하다. 산다는 것은 시멘트 바닥 위 지렁이처럼 처절한 사투의 연속이다. 고작 한걸음의 세상 안에 갇혀 생을 마감해야 하는 운명 앞에서 몸부림친다.

결국은 말라비틀어진 사체들 주위에는 새까만 개미들이 몰려들어 제각각 허기진 배를 채운다. 겨우 몇 발자국도 가지 못하고 좌절하지만 기어코 희망을 떠올리게 한다. 이들의 죽음은 전혀 가볍지 않다.

간절한 삶 속에서 속절없이 무너지는 것은 슬픔이고 아픔이다. 누군가의 죽음은 깃털처럼 가볍고 누군가의 죽음은 태산처럼 무겁다고 한다. 그런데 세상에 가벼운 죽음이 어디 있을까 싶다. 나 역시 한 평도 되지 않는 작은 사무실 공간에서 절망과 사투하면서 하루를 견디고 있다. 삶은 누구에게나 고독하다.

나도 누군가에게 지렁이처럼 하찮은 존재일 수 있다. 이리저리 밟히고 망가지지만 스스로 감내하면 이겨내야 한다. 숨이 붙어 있는 한 끝까지 살아남아야 한다.

소설가 김훈은 《바다의 기별》에서, '행복에 대한 추억은 별것 없다. 다만 나날들이 무사하기 빌었다. 무사한 날들이 쌓여서 행복이 되든지, 불행이 되든지, 그저 하루하루 별 탈 없기를 바랐다. 순하게 세월이 끝나기를 바랐다'고 읊조린다. 행복이 특별한 날에 있는 것이 아니다. 그저 평범한 일상이 행복의 날들이다. 태양이 뜨는 것을 보고, 태양이 지는 것을 보고, 둥근 달을 보는 것만으로 즐거워진다. 하늘 아래 살아 있는 것만으로 크나큰 축복이다.

살면서 흔들리는 것은 어쩔 도리가 없다. 다만 절대로 부서지거나 자멸해서는 안 된다. 사람은 괜스레 상황 탓을 하니까 절망을 느낀다.

잠시 눈을 감았다

그렇게 잠깐일 것이다

잠시 후면, 우리가 이곳에 없는 날이 오리라

열흘 전 내린 삼월의 눈처럼

봄날의 번개처럼

물 위에 이는 꽃과 바람처럼

이곳에 모든 것이 그대로이지만

우리는 부재하리라

_ 류시화 〈소면〉 부분

    문득 지금 중년의 나이가 꽃을 피울 시기라는 친구의 말이 새삼 나를 깨운다. 내 마음속에 따뜻한 봄을 키울 때 항상 꽃을 피울 수 있을 것이다.

    당신은 막연한 내일의 희망을 꿈꾸기보다는 현재의 오늘을 즐겨야 한다. 인생은 자기만의 걸음으로 걷는 것이다. 오늘이 아닌 지금이 당신의 삶에 가장 빛나는 순간이다. 당신이 존재해야 나와 우리가 있고 세상이 있다. 이루지 못한 꿈이 있다면 후회나 미련을 갖지 말고 지금 행복해야 한다. 그리고 모두 안녕해야 한다. 지겨운 날이라고 불평불만 가득하지만 인생에서 새롭지 않은 날이 없다.

중년을 위한 비망록

나를 보면 뭔가 부족하다. 직장도, 밥벌이도, 생활도, 열심히 산 것 같은데 뭔가 아쉽다. 사회적으로 성공하지 못한 불만족과 자격지심을 느끼고 있다. 세월의 무게에 짓눌린 중년의 고독이 시작되었다.

어릴 적 나와 장기를 두시던 아버지가 뜬금없이, "너는 어른이 되고 싶냐?" 하고 물어왔다. 그 당시 철부지였던 나는 "빨리 어른이 되고 싶습니다"라고 대답했다. 아버지는 알 듯 모를 듯 미소를 지으면서, "시간이 천천히 흘러갔으면 좋겠다" 하셨다. 그러면서, "참 사는 게 일장춘몽이더라" 하는 말을 덧붙였다.

그때는 몰랐다. 지금 내가 아버지보다 더 많은 나이가 될 줄은 꿈에도 생각 못 했다. 고상하고 멋지게 나이 먹을 줄 알았는데 오히려 중년의 나이가 되니 하찮은 것들에 대한 욕망이 차고 넘친다.

예전에는 물욕이 별로 없었는데 이제는 더 넓은 아파트에 살고 싶고, 새로 나오는 멋진 대형세단 자동차만 봐도 사고 싶다는 생각이 든다. 언제부터인가 간절한 마음으로 매주 로또복권을 산다. 만약에 로또가 당첨된다면 당장 직장을 그만두고 해외여행 다니고, 독서하면서 유유자적 살아야지 하면서 스스로 상상의 나래를 편다. 현실이 암담하니까 괜히 헛된 꿈을 안고 사는 것 같아 한숨이 나온다. 시간은 거저 얻어지는 것이 아니라 처절하게 만들어 가는 것이다. 꽃이 지고 나서야 봄이 지나갔다고 후회해봐야 아무 소용이 없다. 뭔가 근사하고 의미심장한 인생을 찾으려고 애를 쓰기보다는 현재에 충실해야 한다.

의미 있는 인생은 어디 가서 찾는 것이 아니다. 찾을 수도 없다. 그저 내 마음속에 있다. 인생을 살면서 느끼는 것이지만 간혹 권모술수와 요령이 통하는 것처럼 보이지만 실제는 그렇지 못하다. 정직하고 성실히 살아야 한다. 인간관계도 마찬가지다. 진정한 친구를 알고 싶으면 내가 어려움에 직면할 때 확연히 드러난다. 때로는 처음부터 무작정 잘해주는 사람이나 과도하게 친절한 사람은 조심해야 한다. 세상에 공짜가 없기 때문이다.

사기꾼들은 환한 웃음으로 다가온다. 무수한 사람들을 만나고 헤어짐을 반복하면서 배운 것이 있다. 사람들은 기본적으로 이기적이고 자기중심적이라는 것이다. 나를 위해서 일했는지, 이웃을 위해서 일했는지, 조직을 위해서 일했는지, 지역을 위해서 일했는지, 국가를 위해서 일했는지는 많은 시간이 흘러가면 진실은 명확해진다.

나는 한 달에 한 번씩 너저분한 머리카락을 자르거나 손질하는 편이다. 어린 시절에는 바리깡으로 머리카락을 싹 밀었다. 날이 무디고 실력이 형편없어서 머리카락이 강제로 뽑혀 눈물을 찔끔거리고는 했다. 초등학교 다닐 때는 머리 모양에 그다지 신경 쓰지 않았다.

시골집에서 낡은 가위로 자른 탓에 볼품없는 까까머리가 되어도 불만이 없었다. 명절 무렵에만 겨우 면 소재지에 있는 허름한 이발소에 머리를 맡겼다. 1990년대 이후부터는 이발소보다는 미용실을 주로 이용하고 있다. 갈수록 주변에서 이발소 찾기가 쉽지 않다.

나는 계절에 따라서 머리 스타일을 달리하는데 겨울에는 무조건 파마하고, 여름에는 최대한 짧게 자르는 편이다. 머리를 손질할 때면 단순히 자른다는 일상적 행동이 아니라, 번잡한 생각들을 가차 없이 잘라내고 쳐낸다는 비장한 심정으로 나만의 의식을 치른다. 머리카락 잘라내듯 어지러운 마음들을 싹둑 잘라낸다면 정말 후련할 것 같다. 고통스러운 마음, 미워하는 마음, 후회하는 마음, 불결한 마음, 부도덕한 마음들을 잘라내서 저 멀리 버리고 싶다. 한 달에 한 번 머리카락을 자르듯이, 날카롭게 돋아나 가시 돋친 마음들을 누그러뜨리고 깔끔하게 다듬고 싶다.

가진 것들이 많아질수록 지켜야 하는 것도 늘어나는 듯싶다. 어느덧 해는 떨어지고 길은 아득히 멀다. 변변치 못한 삶을 살아와서 그런지 나이가 들수록 마음이 다급해진다. 이리저리 욕망에 빠져서 흔들릴 때면 홀연히 바람처럼 살고 싶은 마음이 솟구친다.

바람은 한정된 공간에 머물지 않고, 경계를 초월하면서 흘러간다. 계절을 아랑곳하지 않고, 밤과 낮을 가리지 않고 온 세상을 휘저으며 다닌다. 바람은 어떠한 그물에도 걸리지 않고 자유롭게 지나간다. 바람은 누구를 좋아하지도, 누구를 미워하지도 않는다. 바람은 세상 모든 일에 간여하지만 모든 일에 무관심하다. 나 역시 머릿속 무가치한 생각들을 내려놓고 자유로워지고 싶다.

내가 늙어가는 것을 인정해야 하는데 그게 쉽지 않다. 몸은 갈수록 퇴화하는데 마음은 예전 젊은 시절이 자꾸 서성거린다. 차라리 마음이 늙어간다면 상실감과 허망함은 덜 느껴질 것 같다. 아니 마음도 나이 듦에 따라 같이 흘러가면 좋겠다. 몸과 마음이 따로 성장한 탓에 전혀 어른스럽지도 않고, 지혜롭지도 않고, 그냥 정체된 삶을 살고 있다.

지난 시절의 기억은 참으로 애잔하다. 시골집, 고향의 들판, 이미 폐교된 초등학교, 중학교, 스쳐 간 직장, 머물렀던 삶의 터전들, 그곳에 내 기억들이 머물러 있다. 피에르 노라는 《기억의 장소》에서, '기억이 머물러 있는 모든 장소가 기억의 장소가 되는 것이 아니라, 어떤 특별한 곳에 파묻혀 있는 기억을 열심히 지키고 보호하고자 하는 관련된 사람들의 자각과 의지가 동원될 때 기억의 장소가 생성된다'고 했다. 어지럽게 살다 보니 기억하지 않아도 될 것들이 부지불식간 떠오른다. 때론 마음을 할퀴고 지나간다.

나이가 들수록 지난 일에 집착하는 것은 오늘이 자신 없고 내일이 두렵기 때문이다. 주변 친구들과의 모임도 시큰둥해지고 사람과의 관계도 소원해진다. 이리저리 얽히고설킨 인연들이 괜히 부담스럽다. 고민이 밀려오니 잠을 제대로 자지 못하고 있다. 새벽에 일찍 일어나는 습관이 든 이유는 부지런해서가 아니라, 잡생각이 많아져서 잠을 이루지 못한 탓 때문이다. 뭔가를 하지 않으면 초조하고 불안하다. 매번 호기롭게 덤비고 시작하지만 정작 제대로 하지 못하고 주저앉기를 반복한다.

내 마음에는 철부지 시절의 마음, 청년의 마음, 중년의 마음들이 두서없이 뒤섞여 있다. 사춘기 시절의 마음이 들고 일어나 뭔가를 시작하려고 하면 지천명의 마음이 하지 말라고 저지한다. 갈팡질팡 길을 잃고 헤맨다. 영화 〈타임머신〉에서, "과거로 인도하는 것은 기억이고, 미래로 인도하는 것은 꿈이다"라는 대사가 나온다. 우리에게 꿈이 없으면 미래가 없어지는 것이다.

학창시절 더딘 시간들은 나를 무디고 무심한 사람으로 만들었다. 청춘을 헛되이 보낸 죗값을 나이 들고서 받는 것 같다. 과거의 나는 나였는지, 지금의 나는 누구인지 헷갈리기도 한다. 세월이 흘러갈수록 정신은 황량해지고 육체는 늙어간다. 지나간 시간을 되돌릴 수만 있다면, 흘러가는 시간을 당장 멈출 수만 있다면, 뭔가를 다시 시작할 수 있을 듯싶다. 하지만 불가능한 망상일 뿐, 현실에서는 아무런 대책을 세울 수가 없다. 갈수록 빨라지는 시간 앞에 스스로 무너진다. 그렇다고 아무것도 안 하면 아무것도 아니다. 고개를 들어서 하늘을 향해 울부짖는다. '정해진 운명은 없다'고 소리라도 크게 질러본다.

세상은 너무나 빠르게 변화하고 있다. 정보통신의 발달로 인해서 시간과 공간의 벽이 허물어지고 있다. 특히 인터넷 등장으로 시간과 공간의 경계가 불명확하다. 지금 미국에서 아내와 작은아들이 생활하고 있다. 비행기로는 거의 20시간 이상 걸리는 거리이지만 카톡으로 수시로 안부를 전하고 일상생활의 동영상을 공유한다. 다른 시간대와 공간에 살고 있지만 전혀 이질감을 느끼지 못하고 있다. 바야흐로 새로운 변화에 적응하고 거기에 맞춰야 한다. 세상은 내가 느끼는 것보다 변화의 속도가 훨씬 빠르다. 자칫 흐름을 놓치면 낭패를 당한다.

세상이 내 마음대로 되지 않는다고 비탄에 빠지거나 누군가를 원망해서는 안 된다. 삶이 엉망진창 된 것이 내 잘못이 아니라고 애꿎은 변명을 해봐야 나만 손해다. 불평불만을 안 하고 살 수는 없지만, 그럼에도 무덤덤하게 인정하고 받아들여야 한다.

타인의 삶이 아닌 나의 삶을 하나씩 만들어야 한다. 멈춘 듯 멈추지 않은 삶의 여정들, 매일 되풀이되는 낮과 밤, 끊임없이 반복되는 시간 사이에 소중한 인생이 지나가고 있다. 무심한 눈으로 보면 계절이 천천히 흘러가는 듯 보이지만, 현실의 세월은 쏜살같이 나를 앞질러 날아간다.

젊을 때는 시간이 느려서 지루하다고 생각했는데, 요즘은 하루가 너무 빨리 지나간다. 과거의 시간은 답답할 정도로 더디고 느렸던 것 같다. 이는 착시효과 탓이다. 지난 시절의 나와 현재의 나는 변함없이 똑같은데, 이리저리 갈피를 잡지 못하고 방황할 때는 전혀 다른 사람이 된다. 우왕좌왕하지 말고 나를 위한 시간을 가지고 나를 위한 인생을 즐겨야 한다. 삶은 오롯이 나의 의지에 달렸다.

가끔은 알 수 없는 그 무언가의 절망감에 빠져서 허우적거린다. 우울한 기분에 젖은 나는 평소와 다른 낯선 사람처럼 느껴져 빤히 거울을 쳐다본다. 추레한 중년의 남성이 나를 쳐다본다. 언제 저렇게 세월의 흔적이 깊게 새겨 있었는지 슬픔이 밀려온다. 과거는 실패, 슬픔, 후회, 아쉬움이 뒤범벅되고 있다. 예전의 거창했던 청사진은 이미 낡고 빛바랜 사진이 되었다. 과거는 추억, 행복, 정겨움, 그리움이 녹아 있다. 과거의 새싹들이 훌쩍 자라나고 푸른 나무들이 고목이 되거나 사라졌다. 과거는 망각의 산물이자 삶의 애잔한 그림자다.

옛 기억은 먼지가 켜켜이 쌓여 아득하고 희미하다. 흩어진 조각들을 하나씩 퍼즐 맞추듯이 맞춰야 윤곽이 서서히 드러난다. 막연하게 세상이 바뀔 것을 기대하기보다는 내가 먼저 변해야 하는데 쉽지 않다. 공자는, "오직 가장 지혜로운 사람과 가장 어리석은 사람만이 자신의 생각을 바꾸지 않는다"라고 하는데 나는 후자가 아닌지 괜한 자격지심이 생긴다. 내가 바뀌지 않으면 세상은 꿈쩍도 하지 않는다.

사람들은 이기적이고 자의적 기억에 의해 진실이 가려져 실체에 접근하기란 쉽지 않다. 누구나 기억하고 싶은 것만 기억하려고 할 뿐이다. 과거의 실패를 애써 잊으려고 노력해도 그리 쉽게 잊히지 않는다. 잊기 위해 몸부림칠수록 고달픔만 가중될 뿐이다.

무수한 선택의 길에서 길을 잃고 헤맨 것도 부지기수였다. 최선이 아닌 차선일지라도 뭔가를 이루고자 열심히 살았다. 때로는 절망감에도 좌절하지 않고 꿋꿋이 버티고 살아남았다. 과거 미혹에 빠진 내가 이리저리 속절없이 흔들리기는 했지만 포기하지 않고 살아왔다. 과거의 내가 살아남아서 지금의 내가 존재하는 것이다. 나이가 들어감에 따라서 가치관이 달라지고, 행동이 달라지는 것은 당연하다. 예전에 없었던 나쁜 버릇도 생겼다. 굳이 내려놓지 않아도 될 것들을 쉽게 내려놓는 습관이 생겼다. 세월이 변하고, 생각이 바뀌며 그 상황에 맞게 사람들은 처신해야 한다. 하지만 그리 간단히 해결될 문제가 아니다. 과거를 통해서 자신을 성찰하고, 잘못을 디딤돌 삼아서 정면으로 현재를 응시하고 뚫고 나가야 한다. 괜히 시대 탓, 나이 탓, 환경 탓할 필요가 없다. 적당한 시작의 시간은 오지 않는다. 지금 행동으로 옮길 때 비로소 만들어지는 것이다.

법정 스님은, "어떤 사람이 불안과 슬픔에 빠져 있다면 그는 이미 지나가버린 과거의 시간에 아직도 매달려 있는 것이다. 또 누가 미래를 두려워하면서 잠 못 이룬다면 그는 아직 오지도 않는 시간을 가불해서 쓰고 있는 것이다"라고 말했다. 과거나 미래에 한눈팔지 말고 현재에 충실하라는 준엄한 당부다. 오늘 지나면 아니 지금 지나면 모든 것은 과거가 된다.

나 자신을 위해서 어지러운 발자국 대신 가지런한 발자국을 남겨야 한다. '인생은 속도가 아니라 방향이다'는 말처럼 속도에 연연하기보다는 방향성에 중점을 두고 인생의 길을 걸어야 한다. 그러기 위해서는 자신의 주관적 감정을 배제하고 삼자의 입장에서 객관화해서 바라봐야 한다. 앞뒤를 살피지 않고 그저 자신을 변명하고, 핑계 대고, 두둔

하면 앞으로 나아가기 어려워진다.

오늘을 직시하면서 당당하게 살아야 한다. 스스로 과거에 발목 잡혀서 나아가지 못하면 성장하지 못한다. 청춘의 시간이 흘러가면서 삶은 점점 어둡고 칙칙하여 감당하기 힘들었다. 인생 또한 스산한 바람처럼 덧없이 스쳐가는 듯싶었다. 절망은 여기까지다. 앞으로 희망의 날들이 넉넉하기에 좋은 삶과 인생을 만들어야 한다. 오지 않는 미래까지 걱정할 필요가 없다.

단 하루를 살기 위해서 인생의 희망을 찢어버려서는 안 된다. 건강하고 튼튼한 마음의 숲을 만들고 키워야 한다. 암담한 현실을 벗어나기 위해서는 새로운 도전을 주저하면 안 된다. 피하지 말고 맞서서 싸우고 이겨내야 한다. 평온한 삶은 스스로를 얽어매고 퇴보의 길로 안내한다. 결국 현실에 안주하면 정체된 삶이 된다.

현재는 미래로 가는 갈림길에 서 있는 것이다. 지금의 선택에 의해 미래의 운명이 달라진다. 자칫 머뭇거리면 과거의 향수에 젖어서 살아가고 후회만 남을 뿐이다.

현재는 하루가 길게 느껴지고, 반면 일 년은 짧게 느껴진다. 현재는 항상 어렵고 힘들다. 그럼에도 절실함을 가지고 최선을 다해야 한다. 현재를 헛되이 보내지 말자. 미래는 누구에게나 불투명한 미지수다.

장밋빛과 어두운 그림자가 공존하지만, 내 삶은 오직 밝은 내일을 소망한다. 미래는 과거와 현재를 통해서 미리 짐작할 수 있다. 미래는 아무런 대가 없이 다가오지 않는다. 준비된 사람에게 언젠가는 기회가 올 것이다. 미래를 읽기 위해서는 통찰력이 필요하고 진리를 깨우쳐야 한다. 괜히 중년이라고 도피하거나 의기소침하지 말아야 한다. 지금 매순간 최선을 다해서 성실히 살아야 하는 이유다. 세상이 혼탁하고 어지러워도 정의를 추구하고, 도덕적으로 깨끗함을 유지해야 한다. 살다 보니 지름길이 있는 것은 사실이지만 자칫 쉬운 길이 즐거움만 주는 것이 아니다. 고달프고 어렵더라도 바른길을 유지하는 것이 더욱더 삶을 윤택하게 만든다.

잘나갈 때는 주변과 아래를 두루두루 살피고, 설령 못 나가더라도 자책하지 말고 당당하게 살아야 한다.

지극히 평범한 이치 같지만, 내 운명은 과거를 지나서, 현재를 지나서 비로소 만들어진다. 결국 미래의 운명은 자신의 손에 달려 있다. 내 삶이 더욱 풍성해지기 위해서는 더 이상 과거에 집착하기보다는 과감히 깨치고 앞으로 나아가야 한다. 잘못 들어선 길은 없다.

오늘도 나는 한 문장과 씨름한다

나는 오래전부터 책 읽기와 시 쓰기를 좋아하고 즐겨 했다. 그런데 나태함과 부질없는 생각으로 세월을 흘려보냈더니 글쓰기가 갈수록 어렵고 까마득하다. 요즘 들어 책 읽기 또한 단순히 독서하고 있다는 행위에 만족하며 머무르는 느낌이 든다. 물론 틈틈이 책을 펼쳐 읽고, 글을 쓰는 습관을 지녔으니 다행스러운 일이다. 하지만 나는 애초에 생겨 먹기를 한 자리에 안주하는 걸 못 견디는 인간이다.

잦은 이직도 그렇지만, 뭔가 호기롭게 시작해도 끝까지 진득하게 갈무리를 못 한다. 독서도 시원찮고, 글쓰기 또한 마뜩잖다.

글쓰기를 통해 내 마음이 고요해지고 깊어지기를 감히 갈망한다. 나약해진 의지와 태생적 열망이 충돌하면서 요즘 내 상태가 엉망진창이다. 글을 제대로 써보자고 마음먹은 지는 오래되었다.

특별히 글쓰기 좋은 장소나 시기가 있을 리 없지만, 여러 해 이런저런 핑곗거리가 많았다. 주말에는 휴식이 필요하니까 안 되고, 도시는 너무 번잡해서 글을 쓸 수가 없고, 한적한 시골에 내려가서 써야지, 아니야 나만의 공간이 필요해. 원고지에 쓸까? 컴퓨터에 쓸까? 아니야, 그래도 격조 있게 쓰려면 원고지가 낫겠지 하면서 다소 생뚱맞은 생각을 했다. 아무튼 이유와 생각이 많아지면 행동이 줄어든다.

그러다가 몇 년 전 코로나가 시작되면서 다시 한 번 기회가 찾아왔다. 일상적 모임이 금지되면서, 나에게 글쓰기에 집중할 충분한 시간이 주어졌다. 글쓰기의 고단함을 알면서도, 일주일에 한 편씩 글을 쓰겠다고 다짐했다. 물론 지켜내지 못했다.

시간이 많이 주어진다고 새로운 습관이 저절로 몸에 밸 리 없다. 글을 쓰는 행위 자체가 무척 어려웠고, 태산을 옮길 의지가 있어야 한다는 사실을 새삼 깨달았다. 곁가지 이야기지만, 코로나는 모임과 인간관계 우선순위와 필요성을 다시 한 번 생각해볼 기회를 주었다. 서로 안 보면 안 되는 모임인지, 내가 없으면 안 되는 모임인지 제대로 알 수 있었다.

의미 없는 관계를 맺기 위해서 시간을 낭비한 경우가 많았다. 더불어 그동안 내가 다른 이들에게 어떤 사람으로 인식되는지도 확인할 수 있었다. 어느덧 코로나가 종식되고 예전의 일상으로 돌아갈 것이다. 앞으로 모임이 늘어날수록 글쓰기 시간은 줄어들겠지만, 사람들과 만나 부딪히고 사는 소소한 행복이 그립다. 이로써 또 글쓰기를 뒤로 미뤄야 하는 핑계를 미리 마련해둔 셈인가?

올해 들어 비로소 마음을 다잡고 글쓰기에 뛰어들었다. 호기롭게 글쓰기를 다시 시작하겠다고 말했는데 웬걸, 생각보다 쉽지 않아서 매번 진땀을 흘리고 있다. 직장이라는 울타리에 안주한 탓일까. 마음속에서 나오는 글을 쓸 수가 없다. 진실한 한 줄의 글도 떠오르지 않는다. 퇴근 후 집에 오면 특정 주제를 잡고 썼다가 지우기를 며칠째 반복하고 있다.

어느 때는 단 한 단어도 쓰이지 않는다. 주제에 맞춰서 겨우 한 페이지 힘들게 채우고 읽어보면 전체적인 글의 논리가 일정하지 않다. 또 단락 구성을 달리하면 이상하게 문맥이 헝클어지고 엉성해진다. 부지런히 쓴 글을 지인들에게 보여주고 어떠한 생각이 드는지 의견을 물어보면 제각각이어서 더욱 혼란스럽다.

그렇다고 지금의 게으름과 나태함을 자책하거나 후회하고 싶지 않다. 그럴 필요도 없다. 마음속의 잡다한 상념과 번뇌를 지우고 광야에 서야 한다. 매일 고독을 삼키면서 조금씩이라도 글을 쓰기로 다짐한다. 내 삶과 일상에 대한 소소한 느낌을 남기고 싶다.

예전에는 출판 지원프로그램에 응모할 생각이 별로 없었는데, 올해에는 채택 여부와 상관없이 한번 지원해보기로 마음먹었다. 새로운 목표가 생겼으니 의욕도 생겼지만, 어디서부터 시작해야 할지 몰라 여전히 이리저리 허둥대고 있다. 그동안 나름대로 꾸준히 글을 써온 터라 어느 정도 준비가 되었다고 생각했는데 그게 큰 도움이 되지 않는다.

머릿속에 떠오르는 대로 두서없이 쓴 글은 친절하지 않고 정교함이 떨어진다. 누군가와 교감하고 울림을 주기는커녕 단순하고 무미건

조한 단어만 나열된다. 영혼을 갈아서 처절하게 쓴다고 해도 부족한 어휘력 때문에 표현이 서툴다. 몇 달째 썼는데 만족할 정도의 수준의 글이 안 나온다. 본질이 빠진 시시콜콜한 넋두리만 가득하다.

괜히 시작했나 자책하다가 작가들이 쓴 에세이를 찾아서 읽었다. 확실히 물 흐르듯이 매끄럽게 읽힌다. 개인적 체험과 추상적 사유를 전혀 인위적이지 않고 적절하게 표현했다. 또 생활 속에서 느껴지는 감정이 솔직하게 녹아 있다. 하지만 그런 책을 흉내 내면 나의 얘기가 아닌 타인의 이야기를 베끼는 경우가 많아진다.

세상 속에서 경험하고, 느낀 이야기를 써야 진정한 나의 글이 된다. 지금까지 내가 쓴 글을 다 버리고 다시 써보자고 결심한다. 버려야 얻을 수 있다는 삶의 진리를 몸소 터득하는 중이다. 절망감을 떠안고 겸허히 받아들인다. 처음부터 글쓰기를 다시 시작하니 마음이 한결 가벼워진다.

시간이 어느덧 새벽 3시로 흘러가고 있는데 쉬이 잠이 오지 않는다. 나이는 점점 들어가는데 무엇 하나 만족스럽지 않다. 열심히 살아온 듯한데 뒤돌아보면 제대로 이뤄놓은 게 생각나지 않는다. 내가 그토록 하고 싶던 전국 일주도 다니고, 차라리 대충 살 걸 그랬나 싶다. 주어진 삶에 너무 진지했던 것 같다. 스트레스가 심해지고 자신감이 떨어지면 새로운 도전을 할 수가 없다. 뭔가에 집중하기가 어렵다. 글쓰기가 그나마 위안이 되지만 마음이 어지러워지면 몇 줄 채우기도 벅차다. 새벽 4시가 지나가고 있는데 명쾌한 해답을 찾지 못하고 여전히 뒤척인다. 갈수록 글 쓰는 시간이 현저히 줄어들고 있다. 뭔가를 써야 한다는, 쓰지 않으면 안 될 것 같은 강박관념으로 자꾸 초조해진다.

변명하자면 나의 게으름과 매스컴도 한몫하고 있다. 다름 아닌 '유튜브'때문이다. 처음에는 유튜브가 신세계의 서막이자 유익한 정보의 바다였다. 취향에 맞는 분야를 골라서 보거나 희귀한 자료를 보면 시간 가는 줄 몰랐다. 초반에는 책을 좋아해서 주로 독서 프로그램이나 글쓰기 강연을 즐겨 봤다. 가끔은 고전영화를 보거나 〈전원일기〉, 〈TV문학관〉 등을 보면서 옛 추억을 회상하기도 했다.

음악 감상이나 노래 연습에도 제격이어서 판소리 〈사철가〉를 독학으로 배우기도 했다. 〈동물의 왕국〉 같은 자연 다큐멘터리, 캠핑하는 영상 등을 보면서 힐링하기도 했다. 딱 거기까지는 좋았다. 차츰 먹방을 보면서 대리만족하고, 좀 더 자극적인 소재를 찾아다녔다. 몰래카메라, 교통사고 모음, 카푸어, 칼 만들기, 연예인 소식 등……. 그냥 의미 없고, 시간 죽이기 좋은 프로그램에 푹 빠져들었다. 이젠 자극에 자극을 더해서 짧고 말초적인 영상을 끊임없이 갈구한다. 아무 생각 없이 클릭했다가 하루 종일 거기서 헤매기도 한다. 갈수록 망가져 가는 눈이 걱정돼서 끊어야지 하면서도 내 눈은 더 퇴폐적인 것들을 찾아다닌다.

어느새 유튜브는 정보의 바다가 아니라 악마의 유혹이 되어버렸다. 수동적 생각에 빠지면 자신만의 생각이 줄어든다. 유튜브의 무한 굴레에서 빠져나와 글쓰기의 광장에 나를 다시 세워야 한다. 시간의 노예가 아닌 주인이 되어야 한다.

주절주절 읊조리다 보니 글쓰기를 마치 형벌처럼 표현하지 않았나 싶다. 전혀 아니다. 글쓰기는 방전된 나를 재충전해 주는 힘이다. 스트레스를 잊게 해주는 놀이터이다. 저녁에는 명상하고, 새벽에 일찍 일어나서 글을 쓰면 몸도 마음도 상쾌해진다. 글쓰기에 몰입해서 원고가 술술 채워지면 마음이 하늘을 나는 듯하다. 그러니 글쓰기를 회피하거나 물러설 마음은 추호도 없다. 학교에서 시험을 보거나, 직장에서 업무를 처리하거나, 사업을 하거나 그 어떤 일도 수월한 건 없다. 다들 어렵지만 참고 견디며 살아간다.

아직은 낯설고 버거운 내 글쓰기도 그러하다. 내가 남의 인생을 사는 것이 아니듯이 글쓰기 또한 나를 위한 하나의 표현일 뿐이다. 글쓰기를 잘하기 위해서는 무조건 많이 써봐야 한다. 여기에 관찰력, 상상력, 이해력, 몰입력, 용기가 필요하다. 관찰은 어떤 사건이나 사물에 대한 구체적으로 묘사하는 것이다.

사건의 핵심을 잘 파악하고 논리적으로 설명할 줄 알아야 한다. 동물의 경우 생김새나 습성, 세심한 움직임을 잘 파악하여 묘사해야 한다. 깊이 알면 깊이 있게 쓸 수 있다. 상상은 사실 너머의 세계를 표현하되 읽는 이의 공감을 이끌어낼 수 있어야 한다. 일차적인 감정을 성마르게 드러내지 않고 그 이면의 색다른 감정을 느끼고 써야 한다.

아는 만큼, 이해하는 만큼 쓰이고 그려진다. 생각을 거듭 쥐어짜며 몰입해야 한다. 정신을 집중하면 글이 간결해진다. 작은 물방울이 모여서 강물이 된다.

끝으로 글쓰기에는 무모한 용기가 필요하다. 생각이 많아지면 실천이 줄어들기 마련이다. 완벽한 글은 존재할 수 없다. 현재의 수준과 상태가 최선이다. 부족하더라도 과감히 세상 밖으로 드러내서 보여줘야 성장한다. 글쓰기는 도달할 수 없는 완성을 향해 나아가는 긴 여정이다. 집을 짓듯이 차근차근 재료를 골라서, 자리를 정하고, 하나씩 구조물을 올리는 고된 작업이다. 아직은 어렵고 서툴지만 조금씩 실천하고 있다.

5월에 피는, 아름다운 장미꽃을 보기 위해서는 2월 중순쯤 커다란 가지와 잔가지들을 가차 없이 잘라내야 한다. 만약에 장미나무가 가엾어서, 아까워서 자르지 않으면 나중에는 연약하고, 볼품없는 장미꽃들만 가득 필 것이다. 사람의 마음도 마찬가지다. 뾰족하고, 가시처럼 돋아난 거친 마음들도 정기적으로 깎고, 다듬고, 버릴 것은 버려야 한다. 무조건 쌓아두면 반드시 문제가 생긴다. 이러한 마음을 살뜰히 보살피고 관리하기 위해서는 글쓰기가 안성맞춤이다.

글쓰기는 날씨와 같이 종잡을 수가 없다. 상황과 감정에 따라서 표현이 달라지기 때문이다. 어떨 때는 미세한 온도계와 같이 작은 변화에도 뜻이 달라진다. 여유를 가지고 나만의 페이스를 유지해야 한다.

타인의 발걸음이나 속도에 맞출 필요가 없다. 때로는 멈춰 서서 하늘도 쳐다보고, 크게 숨을 들이켜야 한다.

시간이 지나면 스산한 번민과 아득함도 줄어들 것이다. 가끔은 정면승부보다는 우회 전략을 선택해야 한다. 지쳤을 때는 휴식과 여행으로 마음을 다잡고 다시 달리는 것이 좋다. 글쓰기는 자신의 내면을 성찰하고 미래의 길을 여는 열쇠이다. 여전히 글쓰기에 해답이 있다.

다시, 동해바다

　새해가 되면 많은 사람들이 일출을 보기 위해서 해맞이 명소를 찾아다닌다. 365일 똑같은 해가 뜨고 지고를 반복하지만, 사람들은 첫날에 큰 의미를 부여한다. 새해 첫날은 힘겨운 과거와 결별하고 희망 가득한 미래를 맞이하는 상징적인 날이기 때문이다. 나도 무등산이나 여수 향일암 같은 곳을 찾아가 새해 소원을 빌곤 했다.

　특별한 날이 아니라도 이런저런 고민거리가 생기면, 나는 가끔 집 근처 무각사 옆 오월루에 올라가서 일출을 맞이한다. 새벽 여명을 걷어내고 밝게 빛을 뿌리는 태양을 바라보고 있으면 무거운 마음속이 한결 가벼워진다. 짙은 어둠은 빛을 이길 수 없다. 물리적으로나 정신적으로나 빛은 삶의 에너지이다.

　젊어서는 동해 일출을 보고, 나이 들면 서해 일몰을 보라는 말이 있다. 젊은이는 동해 일출을 보면서 앞으로 나아갈 진취적인 기상을 얻고, 중년과 노인은 서해의 지는 해를 보며 옛일을 그리워하고 정리하라는 뜻이렷다. 좀 투박하기는 하지만, 거부할 수 없는 우주 질서를 인생에 빗댄 금언이니 새겨듣고 볼 일이다. 말이 나왔으니, 나이가 들수록 일몰과 석양이 예사롭지 않다. 내가 사는 아파트 거실에서 내다보이는 산자락으로 노을이 걸릴 때마다 나는 경이로움에 사로잡힌다. 가끔 해 질 녘 시골집 가는 길에 서산으로 기우는 해와 정면으로 마주할 때가 있다. 하루의 마지막 불꽃을 내뿜어 대기를 붉게 물들이는 해는 사뭇 장렬하고 압도적이다. 그러면서도 부드럽고 온화한 기운으로 사물을 감싼다. 완숙한 기품과 절제의 미덕을 갖춘 절대자 앞에서 나는 기꺼이 몸과 마음을 낮춘다.

　나는 사실 젊은 시절에 동해바다를 본 적이 없다. 내가 처음으로 동해바다를 본 건 2013년 3월 초쯤이었다. 그때 어린 아들과 정동진에서 일출을 보았다. 강원도는 아직 겨울의 끝자락이었다. 새벽 찬바람이 살을 후벼팠지만, 동해바다에 떠오르던 태양은 벅찬 감동을 선사해주었다. 나도 모르게 감정에 북받치고 눈물이 날 정도로 흥분되었다. 붉은 빛이 하늘과 땅을 이글이글 달구고, 바다는 생명이 탄생하기 전 원시의 불덩이처럼 불타올랐다. 거대한 파도가 엄청나게 울부짖으며 금방이라도 나를 집어삼킬 듯이 거침없이 밀려왔다. 물러났다가 밀려오는 거친 파도는 티끌만 한 남자의 지나온 어지러운 발자취와 감정의 조각들을 한꺼번에 씻어주었다. 내가 이 장관을 왜 이제야 마주했을까.

　일상에 지쳐가고 희망이 희미해질 때면 동해바다가 새삼 그리웠다. 답답한 빌딩숲에 갇혀 답답해질 때면 맥동하던 일출이 생각났다.

직장생활의 고단함과 매너리즘은 습관처럼 주기적으로 나를 찾아온다. 그럴 때마다 마음을 새로이 다잡고 견디어 보지만 며칠을 가지 못하고 흐지부지 끝나고 결국은 예전의 생활로 되돌아온다.

나는 떠나기로 했다. 거기서 다시 시작하고 싶었다. 광주공항에서 강원도 양양국제공항까지 가는 비행기편이 생겼다. 자동차로 간다면 6시간 이상 걸리겠지만 비행기를 타면 한 시간이면 충분하다. 9월 말부터 10월 말까지 티켓이 대부분 예약된 터라, 일정을 앞당겨서 겨우 예약할 수 있었다. 토요일 아침 8시 30분에 광주공항을 출발하여 9시 40분쯤 양양공항에 도착했다. 2002년에 개항된 양양국제공항은 높은 산 아래 고지대에 자리 잡고 있었다. 다행히 날씨는 흐리지 않고 적당하게 맑은 편이었다. 나는 공항을 빠져나와 곧장 렌터카를 빌려 주문진항으로 향했다.

저 멀리서 파도소리가 들리니 나도 모르게 걸음이 빨라졌다. 해변에 도착하니 동해바다가 드넓은 품으로 나를 반겨주었다. 바람이 불지 않아서 파도는 잔잔했다. 가슴이 뻥 뚫리고 머리가 상쾌해졌다. 파도소리를 들으면서 해변을 산책했다. 갈매기 몇 마리가 머리 위를 날아다니면서 끼익끼익 울었다. 근처 횟집에 들러서 늦은 점심을 먹은 다음 조용한 카페에 앉아서 시원한 커피를 마시면서 멍하니 바다를 바라보았다. 바다는 내 근심걱정을 말없이 고스란히 안아주었다.

느릿느릿 묵호항으로 자리를 옮겼다. 주문진항보다 관광객이 많았다. 잘 꾸며진 관광지 같은 느낌이었다. 묵호항 뒤편 언덕에 세워진

'도깨비골 스카이밸리'에 오르니 투명유리로 만들어진 산책로가 반겨주었다. 발아래 까마득히 보이는 바다 풍광이 아찔하면서도 묘한 쾌감을 느끼게 해주었다. 아래로 내려와 해변을 따라 설치된 해랑전망대를 찬찬히 걸었다. 적당한 바람과 파도소리에 취한 나는 어느 순간 바다 위를 걷는 듯 무중력 상태에 빠졌다. 뭔가 고요하면서도 들뜬 기분! 다시 카페에 들러서 시원한 차를 한 잔 마시는 동안 해가 어느덧 뉘엿뉘엿 서쪽으로 기울고 있었다.

한섬 해변 근처에 숙소를 정하고 짐을 풀었다. 한섬해수욕장에는 캠핑족들이 드문드문 자리를 잡고 고기를 굽거나 술을 마시고 있었다. 당신들도 도시의 장막을 가까스로 탈출했을 테니 해방의 기쁨을 만끽하시라. 다만 오늘 그대들 축제의 잔존물만큼은 깨끗이 치워주기를……. 어둠을 몰고 오는 바람이 조금 드세지면서 포말이 근사하게 반짝였다. 이런 황홀경이라니! 넋을 놓고 모래밭을 걷던 나는 문득 물컹거리는 발바닥 감촉에 기겁했다. 파도에 밀려온 해초가 모래밭에 가득했다. 그러고 보니 해초 썩은 냄새가 제법 비릿하게 나는 것도 같았다. 감흥이 확 깨지며 눈이 번쩍 뜨였다. 현실은 늘 꽃길만 펼쳐지는 게 아니다.

모래밭에서 얼른 빠져나와 주변 산책로로 걸음을 옮겼다. 드문드문 가로등만 희미하고 한적해서 걷기에 좋았다. 산책로 일부 구간은 군 철책선을 따라 이어졌다. 현실과 비현실의 경계를 가로지르는 날카롭고 차가운 철조망 덕분에 나는 한 번도 머뭇거리지 않고 추암해변에 다다랐다. 추암해변은 동해에서도 맑은 물빛과 멋진 해변 풍광으로 이름난 명소이다. 텔레비전 시작과 끝을 알리는 애국가의 해돋이 장면이 바로 추암해변 촛대바위를 배경으로 찍은 영상이다. 촛대바위 주변에는 여전히 많은 사람들이 삼삼오오 모여 사진을 찍고 있었다.

예전에는 그런 모습이 영 못마땅했다. 이른바 관광명소에 우르르 몰려다니며 사진을 찍고 시끌벅적 떠드는 이유를 통 몰랐다. 하지만 이제는 왜 그러는지 어렴풋이 알겠다. 그들은 꽃다운 청춘을 지나온 분들이다. 젊은 시절에는 혼자 여행해도 멋지게 빛나지만, 나이가 들면 어지간히 몰려다니지 않으면 왠지 쓸쓸해 보인다. 그래서 그들은 짐짓 더 큰 소리로 떠들고 웃는다. 그러니 젊은이들이여, 왁자지껄 몰려다니는 관광객을 만나거든 잠깐 시간을 내어 사진기사를 자청해주면 어떨까. 나는 잠시 기다렸다가 촛대바위를 배경으로 셀프 사진을 찍었다. 역시나 쓸쓸하고 청승맞아 보였다. 나는 어둠이 내려앉을 때까지 해안가를 걸었다.

다음날 새벽같이 일어나 5시 30분쯤 바닷가로 나갔다. 일출 시간은 6시 8분쯤. 그런데 날씨가 흐릿하고 바람이 거셌다. 아쉽지만 이런 날씨면 일출 보기는 글렀다. 설상가상 비까지 내리기 시작했다. 혹시나 하는 마음에 기다렸지만 끝내 먹구름에 가려서 해가 뜨는 줄도 모를 지경이었다.

비는 내리고 바람은 불고, 숙소로 돌아갈까 하다가 멈추었다. 거세게 몰아치는 파도 탓이었다. 일출이 아니라도 동해바다는 수많은 얼굴로 여행자를 유혹한다. 신발을 벗고 해안가로 밀려오는 파도와 술래잡기를 했다. 물장구를 치고 바닷물을 손으로 움켜쥐고 촉감을 느꼈다.

내 손을 빠져나간 바닷물은 저 멀리 태평양과 인도양까지 여행하다가, 또 어느 날에는 비가 되어 내 머리와 어깨 위에 내려앉을지도 모른다. 내가 밟은 모래는 더 잘게 깎이고 쪼개져 티끌로 남아 바다, 육지, 대기를 여행하다가, 어느 날에는 내가 들이마시는 공기에 섞여 내 몸 안에 들어올지도 모른다. 아찔할 만큼 위대한 자연의 흐름과 순환 앞에 나는 얼마나 작고 나약하고 부질없는 존재인가. 위대한 자연의 이치로 빚어진 나는 또 얼마나 기특하고 아름다운 존재인가. 그러니 더더욱 이 시간을 즐겁고 행복하게 살아야 한다. 나는 어린아이처럼 시간 가는 줄 모르고 놀았다.

날이 밝아질수록 해안가에 사람들이 몰려들었다. 그들 눈에 나는 아마 정신 나간 사람처럼 보였을 거다. 얼른 숙소로 돌아왔다. 1박 2일 동해바다 여행은 이것으로 끝이다. 일기예보에서 태풍이 경상도 쪽으로 올라온다는 소식이 들린다. 문득 태풍이 강원도 쪽으로 방향을 틀어서 비행기가 뜨지 못하면 얼마나 좋을까 생각했다가 얼른 지웠다. 강원도민들의 거센 비난을 받을 만한 잘못된 생각이다. 다시 돌아온 광주는 동해바다와 달리 무더운 한여름이었다.

본 투 비 기타

악기는 인간과 신을 이어주는 매개체라고 한다. 나에게는 딱 맞는 표현이라는 생각이 들었다. 2014년 지금의 직장으로 옮기면서 한동안 무기력하게 지냈다. 직장문화도 왠지 낯설고 몇 번 실망스러운 일을 겪으면서 좌절을 맛본 탓이었다. 그만두고 싶은 마음을 다잡으면서 겨우겨우 생활하고 있었다. 2015년 2월쯤으로 기억한다.

직장 내 게시판에 통기타를 배울 회원을 모집한다는 공고가 떴다. 뜬금없게도 나는 순간 마음이 두근거렸다. 왜 그랬는지 모르겠다. 뭔가를 해야 하는데, 그게 무엇인지 알 수 없는 절망적인 상황에서 마침 기타가 눈에 들어온 것이다.

우리 세대에 통기타는 젊음과 자유를 상징하는 악기였다. 대학시절 통기타 공연을 본 적이 있는데 수수한 청바지에 하얀 티를 입은 여학생의 모습이 너무나 발랄하고 아름다웠다. 낭만이 없는 시절이었지만 청춘이 있는 시기였다. 누구나 한 번쯤 청바지와 장발에 게슴츠레한 눈빛으로 캠퍼스 잔디밭에 앉아 기타를 튕기는 모습을 상상했을 것이다. 게다가 나는 바로 위의 형이 학창시절에 밴드 활동을 했다. 형이 친구들과 즐겁게 기타 치면서 노래하는 모습이 그렇게 멋져보일 수가 없었다. 형 몰래 기타를 만지작거리기는 했다. 하지만 나는 음악 쪽에 전혀 재능이 없다는 사실을 금세 뼈저리게 깨달았다. 노래도 잘 부르지 못하고, 마음 따로 손가락 따로 움직였다. 그 뒤로 오랫동안 기타는 쳐다보지도 않았다.

그 찜찜했던 기억이 희미해진 탓일까? 어쩌면 기타를 배우고 싶은 게 아니라, 무료하고 답답한 나날을 어떻게든 들쑤시고 싶어서였는지도 모르겠다. 그 당시 외부에서 온 사람이고, 완전 초보자이고, 나이가 많은 탓에 용기를 내어 회원 조건이 되는지 문의했다. 통기타 모임의 총무를 맡은 직원은 아무 문제가 없다면서 가입을 권유했다.

심장이 뛰는 방향으로 앞뒤 재지 않고 성큼 나아가는 건 피 끓는 청춘들이나 가능한 일이다. 나는 쉽사리 발걸음을 옮기지 못하다가 몇 주가 지나서야 용기를 내 18층 음악실 문을 두드렸다. 통기타 회원들은 초보라고 해도 나보다 훨씬 뛰어났고, 이미 수준급 실력을 갖춘 분들도 있었다. 그분들의 현란한 손놀림에 나는 잔뜩 주눅이 들었다. 놀랍게도 배우면 배울수록 기타 수업은 무척 즐거웠다.

매주 한 번 열리는 기타 수업을 손꼽아 기다렸다. 내 안에 숨겨진 음악 재능이 이제야 깨어나는 듯했다. 하지만 두어 달 지나면서 부풀어오르던 마음은 다시 바람 빠진 풍선처럼 순식간에 쪼그라들었다. 기본 코드와 스트로크가 마음대로 움직여지지 않았다. 기타 소리가 다른 회원들과 조화를 이루지 못하면서 괜히 눈치가 보였다. 수업이 너무 어렵고 힘들어서 스트레스만 쌓였다. 괜히 사서 고생한다는 생각이 들었다. 학창시절에 음악 공부를 성실히 하지 못한 탓에 오선지에 그려진 각종 음표, 쉼표, 되돌이표가 암호처럼 난해했다.

기타를 배우다 보면 고고(8비트), 슬로우락(12비트), 슬로우고고(16비트), 칼립소, 컨트리, 소울, 룸바 등 다양한 리듬이 있다. 여기에 C, D, E, F코드를 익혀야 한다. 잘 따라가다가 F코드에서 좌절을 경험한다. 이걸 스트로크나 아르페지오 주법으로 연주해야 하는데, 이때 빠르게 하거나 느리게, 일정하게 리듬 간격을 유지하는 게 중요하다. 하지만 박자감이 없다 보니 내 연주는 늘 엉망진창이었다.

부족한 실력을 만회하기 위해 가끔 집에서도 기타 연습을 했다. 그럴 때마다 아내와 애들이 시끄럽다고 민원이 들어왔다. 내 딴에는 제법 연주가 잘 되고, 노래도 그럭저럭 불렀다고 뿌듯해하다가 애들 지청구에 귓불이 빨개지곤 했다.

숱한 좌절과 구박을 이겨내고, 나는 매주 화요일 저녁이면 어김없이 기타 교실에 나갔다. 열심히 했던 회원들은 어느덧 공연도 하고, 개인 발표회 나가서도 멋진 연주를 뽐내기도 했다. 나는 여전히 초보 티를 벗어나지 못하고 있었다. 가끔 잘하는 회원들끼리 초청공연에 다니기도 했는데, 그 모습이 얼마나 부러웠는지 모른다. 그때마다 이를 악물고 기타에 매달렸다.

그렇게 또 몇 달이 지나고 놀라운 일들이 일어났다. 내가 공연팀의 일원이 된 것이다. 내 첫 번째 공연 무대는 영산강 서창 들녘에서 열리는 '억새축제'였다. 아직 서투른 나는 맨 뒷자리에 앉았다. 연주가 시작되자 팔다리가 떨리고, 가슴은 콩닥콩닥 뛰어서 정신을 차릴 수 없었다.

지금까지 연습했던 게 거짓말처럼 사라지고, 당황해서 실수를 연발했다. 연주가 마무리될 즈음에야 겨우 안정을 찾고 주변도 눈에 들어왔다. 공연을 구경하는 사람들이 보이고, 천변에 흐드러지게 핀 억새가 보였다. 비록 엉망으로 끝났지만, 그래도 내 인생의 첫 기타 공연을 잊을 수 없다. 뭔가 해냈다는 성취감과 자신감이 온몸을 휘감았다.

그로부터 다시 몇 해가 흐르고, 나는 제법 노련한 기타 연주자가 되었다. 기타 교실을 내 집처럼 편안하게 드나들고, 공연팀에도 빠짐없이 참석했다. 공연 일정이 잡히면 집중력 있게 연습할 수 있어서 좋다. 바짝 연습하면 그만큼 실력이 느는 걸 느낀다.

그런데 한창 재미와 흥미를 느낄 때쯤 코로나 사태가 터졌다. 사람들이 모여서 연습하는 것도, 공연도 멈췄다. 기타 교실은 문을 닫았다. 회원들은 뿔뿔이 흩어졌다. 그래 봤자 직장에서 다시 만날 사이지만, 헤어지던 날의 풍경은 생이별하는 이산가족의 처연함에 비할 만했다.

코로나 기간에 나는 집에서 틈틈이 기타를 꺼내 들었다. 하지만 맥이 풀린 탓인지 연습에 몰두할 수 없었다. 나아지기는커녕 현상 유지도 힘들었다. 연습한 영상을 강사 선생님께 보내면 박자를 놓치거나 잘못 이해하고 있는 부분을 꼼꼼히 짚어주었다. 그나마 강사 선생님 덕분에 잘못된 것들을 고칠 수 있었다.

어느덧 코로나가 잠잠해지고 거리두기도 완화되거나 해제되었다. 기타 교실이 다시 문을 열었다. 나는 가장 먼저 음악실에 도착해서 강사님 생수를 챙겨드리고 맨 앞자리에 앉아서 미리 기타를 조율했다. 그리운 강사 선생님과 회원들이 하나둘 들어왔다. 우리는 반가운 인사를 나누고, 곧장 기타 연습에 들어갔다. 다들 이 시간을 얼마나 기다렸을까 싶다.

회원 중에 내가 남달리 따르던 형님이 한 분 계셨다. 음악적 재능이 탁월한데다 성실한 노력형이었다. 지긋한 나이에도 뒤로 물러나서 팔짱을 끼고 있는 법이 없었다. 남들 앞에서 스스럼없이 연주하고, 실수를 두려워하지 않았다. 항상 누구보다 먼저 기타 교실에 나오고, 누구보다 늦게까지 연습했다. 타고난 재능과 열정적인 모습을 따라 해보려 했지만 넘사벽이었다. 형님은 기타 모임 회장까지 하면서 넉넉한 리더십을 보여주었다. 형님은 얼마 전 개인 사정으로 직장을 그만두었다. 기타를 칠 때마다 그분이 생각나고 그립다.

현악기의 시초가 되는 기타의 매력은 알면 알수록 다양하다. 기타를 알게 되면서 클래식 기타 연주곡을 즐겨 듣는다. 내가 애청하는 곡 가운데 하나가 스페인 작곡가 호아킨 로드리고의 〈아랑후에스 협주곡〉이다. 호아킨 로드리고는 이제까지 다소 가벼운 악기로 취급되던 기타를 오케스트라의 전면에 내세워 활용했으며, 〈아랑후에스 협주곡〉도 그 특징이 고스란히 드러나는 곡이다. 특히 2악장은 기타와 잉글리스 호른이 절묘한 조화를 이룬다. 기타가 연주될 때 다른 악기들은 여백의 울림으로 대신한다. 살며시 눈을 감고 들으면 마음속이 애잔해지고 깊은 감동이 밀려온다. 호아킨 로드리고는 3살에 시력을 거의 잃었다고 한다. 그 깊은 어둠을 이겨내고 만든 거장의 음악을 들을 때마다 나는 전율하고 행복을 느낀다.

처음 기타 교실 문을 열던 날부터 7여 년이 흐른 지금, 나는 여전히 같은 직장에 다닌다. 기타가 없었다면 이곳에서 잘 버텨내지 못했을 것이다. 지금도 기분이 울적하거나 기쁘거나 애매한 날에, 비가 내리거나 햇빛 눈 부신 날에, 심심하거나 쉴 새 없이 바쁜 날에, 나는 틈틈이 기타를 꺼낸다. 그러고는 아직 미숙한 실력이지만, 머릿속에 떠오르는 이런저런 곡을 연주한다. 그러다 보면 어느 순간 나만의 공간에 평온이 찾아온다. 심각한 자기애에 빠졌다고 타박해도 어쩔 수 없다.

나는 내 기타 연주 소리가 더없이 좋다. 소음이라고 싫어하던 아내와 아이들도 이제는 좀 음악처럼 들린다고 칭찬해준다. 가끔 '장난감 병정'을 즐겨 부르는데, '어설픈 네 몸짓 때문에 나는 너에게 어떤 의미가 되리 지워지지 않는 의미가 되리'라는 노랫말이 특히 마음에 든다.

기타 소리는 어지러운 마음을 정화시켜 준다. 내 기타에는 투박하면서도 우아한 야생화가 그려져 있다. 아담한 기타를 빤히 바라보고 살며시 안아본다. 어등산 저녁노을과 어울리는 기타의 자태가 아름답다. 굵기가 다른 가녀린 6줄, 단단한 21개 기둥에서 피어나는 화음들이 빛난다.

내 손가락에 따라서 깨어나고, 나지막이 속삭이고, 때로는 울부짖고 아우성친다. 밤이 깊어가고 야생화가 그려진 기타도 잠이 든다. 견딜 수 없는 적막감, 잠들어 있는 기타를 깨우고 싶지만, 식구들이 깰까 조심스럽다. 기타를 어루만지며 하루를 잊는다. 언제부터인가 통기타는 내 인생의 도반이자 마음의 피난처가 되었다.

어디라도 좋다, 떠나자

영국의 역사학자 토마스 풀러는, "고난이 닥칠 때 어리석은 자는 방황하고, 현명한 사람은 여행을 떠난다"라고 말했다. 우리는 여행을 통해서 삶을 배우고, 지친 삶을 달랜다. 어쩌면 인생이라는 것이 길고 긴 여행이나 마찬가지인지 모른다. 거친 삶과 어지러운 삶은 나의 몫이자 내가 극복해야 할 문제다.

여행을 통해서 희미해져 가는 나를 찾고 사색의 시간으로 삼아야 한다. 여행을 다니면 다닐수록 시야가 넓어지고, '아는 것만큼 보인다'는 말을 실감한다. 너무 한곳에 머물거나 생각이 고루해지면 퇴보한다. 생각 없고 무심한 시선으로 바라보면 아무것도 보이지 않는다. 관심과 애정으로 만물을 살펴야 한다. 사람에 대한 관계도 그러하다. 따뜻한 시선으로 봐야 인간미를 느낄 수 있다.

우리의 삶이 뜻대로 되지 않는다는 걸 잘 안다. 의도와 다르게 왜곡되는 경우가 생긴다. 이처럼 잔뜩 꼬인 실타래를 풀기 위해서는 하나하나 골라서 푸는 것보다는 가끔은 과감하게 칼로 도려내는 것이 필요하다. 일상생활의 고단함을 달래기 위해서는 주변 상황을 염두에 두지 말고 곧장 여행을 떠나야 한다. 인생에 정답은 없다. 어느 때는 철저히 이기적으로 나를 바라봐야 한다.

삶이 주체적, 주도적이지 못할 때 변명 가득하고, 위선적이고, 정신 승리에 취해서 시간을 낭비하고 허우적댄다.

나는 한때 전북지역을 샅샅이 돌아다녔다. 그중에서 군산에 대한 기억이 유난히 선명하게 남아 있다. 군산 하면 일제 강점기 수탈의 도시가 떠오른다. 개인적으로는 뭔가 쓸쓸함과 애잔함을 간직한 도시라는 생각이 든다.

군산에 가면 아픈 상처의 산물인 근대문화유산을 먼저 둘러보아야 한다. 군산세관, 옛 조선은행 군산지점, 옛 일본 나가사키 제18은행 군산지점(국가등록문화재 제372호), 히로쓰 가옥(국가등록문화재 제183호), 동국사(국내 유일 일본식 사찰) 등은 어느 지역에서도 볼 수 없는 건축물이다. 좀 더 바다로 향하면 고군산군도(古群山群島)가 있다. 고려 때부터 수군 진영을 두고 '군산진'이라 불렀는데, 조선 세종 때 진영을 육지(진포)로 옮기면서 지명까지 가져갔다. 이때부터 이 섬들에는 옛날의 군산이란 뜻으로 '고군산'이라고 불렀다.

군산시 옥도면에 속하는 고군산에는 사람이 사는 큰 섬으로 무녀도, 선유도, 신시도, 방축도가 있다. 몇 해 전까지는 유람선을 타고 들어갔지만, 현재는 신시도, 무녀도, 선유도, 장자도, 대장도가 연륙교로 연결되어 드라이브 코스로 제격이다. 지난 시절 선유도에서 자전거를 타고 일주했던 기억이 새롭다. 특히 장자도 천년나무 전망대에서 바라보는 일출과 일몰은 장관이다.

아직 덜 둘러본 경기도, 경상도 지역은 꼭 가고 싶다. 시간 내서 이들 지역을 꼼꼼히 여행하고 싶다. 틈틈이 이곳의 명승지와 관광지를 스크랩하면서 코스를 정하고 있다.

나는 가끔 홀연히 여행 가방을 챙겨서 새벽 맑은 공기를 맞으며 집을 나서고는 한다. 유명한 관광지나 경치가 빼어난 곳이 아니라도 별다른 문제가 되지 않는다. 지난해부터는 내가 살았던 근처 마을을 돌아다니고 있다. 지극히 평범한 시골의 거리와 풍경이지만 새삼스레 정겹다. 며칠 전에는 중학교 다닐 때 짝사랑했던 여학생의 옛집을 찾아 나섰다.

중학생 시절, 우리는 너나 없이 사춘기를 지나고 있었다. 주변 친구들 몇몇은 이미 이성에 대한 호기심에 눈떠 여학생들과 편지를 주고받기도 했다. 나는 말주변도 없는 데다 아직은 이성에 별 관심이 없었다.

그러던 어느 날, 나에게도 마음에 그리던 여학생이 나타났다. 운동장에서 열린 조회시간에 그녀를 처음 본 그 순간부터 온통 그녀 생각만 떠올랐다. 아담한 키, 단발머리, 복스럽고 둥그스름한 얼굴이 엄마를 많이 닮아 있었다. 물론 나는 그녀에게 말 한마디 못 붙여보고 혼자 냉가슴을 앓았다. 사춘기 사랑의 열병은 뜨겁게 타오르다가 한순간에 사그라들었다.

고등학교를 광주로 진학하고 난 뒤로, 이제껏 까마득히 그녀들 잊고 지냈다. 그러다가 최근에 문득 그녀의 소식을 들었고, 나는 사춘기의 애틋했던 추억이 떠올랐다. 어렴풋이 떠오르는 그녀의 집을 어렵사리 찾아가는 내내 그 시절의 풋풋하고 유치했던 내 행동들이 떠올라 웃음이 새 나왔다. 소박한 교회를 지나서 그녀의 집에 다다랐을 때 감나무에 달린 감들이 황금빛을 띠며 익어가고 있었다. 누가 볼세라 몰래 감 하나를 따서 한입 물었다. 아직 덜 익어서 조금 떫었지만, 온몸으로 추억이 밀려들어 왔다.

거창한 여행은 아니지만, 주말마다 찾아다니는 시골 마을은 또 다른 감상을 심어준다. 낯익은 풍경 속에 나를 내려놓으면 평온해지고 행복해진다. 어릴 적에는 자전거를 타서 오거나 걸어서 왔던 마을이었는데 자가용이 있으니 길만 있다면 어디든지 수월하게 다닐 수 있어서 다행이다.

나는 젊었을 때 운 좋게도 세계 몇 곳의 국가와 도시를 여행했다. 그중에서도 오세아니아주와 유럽의 여러 나라가 특히 기억에 남는다. 우리나라와 달리 계절이 정반대인 호주는 경이로웠다.

눈 내리는 1월에 출발하여 무더운 한여름을 만났다. 비행기 안에서 내다보이는 천상의 구름은 신선이 살고 있는 듯 오직 순백의 고요함이 가득했다. 호주(시드니)에서는 그림으로만 보았던 오페라하우스를 찾아갔다. 기대했던 것만큼 큰 감흥은 없었다. 계단에서 사진 찍는 것으로 만족해야 했다. 골드코스트의 긴 해변의 장관은 눈부셨다. 일출의 모습은 흡사 수채화 그림을 그린 듯 하늘을 붉게 물들이고 있었다.

우연히 캔버라 외딴 골목의 작은 중고서점에 들렀다가, 《모리와 함께 한 화요일》을 사서 여행하는 틈틈이 읽었다. 책 내용과 내 여행의 궤적이 절묘하게 맞아떨어져 읽는 내내 행복했다.

뉴질랜드(오클랜드)에서는 광활한 대지와 드넓은 목장이 끝없이 펼쳐져 있었다. 푸른 초원에서 뛰놀던 소, 말, 양 떼는 더없이 활달하고 평화스러워 보였다. 유난히 맑은 하늘을 보는 것만으로 더없이 황홀했고 눈부셨다.

영국 히드로 공항에 도착할 때는 비가 내리고 있었다. 이국의 비는 낭만이 가득했다. 맨체스터와 리버풀의 낯선 골목길을 걸었다. 런던을 가로지르는 템스강을 하염없이 바라보며 찬란했던 영국의 역사를 되짚어보던 시간도 무척 소중했다. 프랑스의 에펠탑 주변과 콩코드 광장, 벨기에의 워털루 전망대, 스위스의 알프스, 덴마크의 키에르케고르 동상, 쿨투어베레프트 도서관, 바사 전함도 눈에 선하다.

이탈리아에서는 밀라노 대성당의 거대한 건축물에 놀랐고, 두오모 광장에서 다양한 세계인들의 패션 감각에 감탄했다.

유럽은 과거의 역사와 현대의 과학이 절묘하게 어우러진 신세계였다. 고전 건축과 현대 건축이 조화를 이루며 공존하고 있었다. 내가 사는 곳이 세상의 전부인 양 으스대고 뽐내던 내 자신이 우물 안 개구리처럼 느껴져 부끄러웠다. 작은 울타리 안에만 갇혀 지내면 세계의 흐름과 동떨어진 삶을 살게 된다. 여행하면서 다양한 문화를 접하고, 세계인과 만나 이야기하고, 또 예기치 못한 문제를 스스로 해결해 봐야 한다. 그래야 마음이 넓고 단단해진다.

젊은 시절에는 오지 않는 미래가 늘 불안하기 마련이다. 미리 걱정하고 지레 체념할 시간에 당장 짐을 꾸려 여행을 떠나는 게 백 배는 낫다. 젊음은 오래 머물지 않고 훌쩍 흘러간다. 의미 있는 삶이란 자신의 생각과 행동에 달렸다. 여행은 다리가 떨릴 때가 아니라 가슴이 떨릴 때 떠나야 한다.

얼마 전 직장 동료들이랑 여행 아닌 여행을 가게 되었다. 몸이 아파서 갈 수 없는 상황이었다. 하지만 아프다고 말하기가 뭐해서 그냥 참고 다녀왔다. 운전하는 동안에는 괜찮았는데 오후 내내 걷다 보니 다리 통증이 심하고 발이 붓기 시작했다.

1박 2일 일정으로 왔는데 하루도 안 돼서 몸 상태가 엉망이 되었다. 차라리 오지 말걸, 하고 후회가 밀려왔다. 내 차로 일행을 태우고 왔기에 다시 올라갈 수도 없는 처지였다. 여수 오동도의 수려한 풍광도, 여수 밤바다의 아름다운 야경도 부질없었다. 건강의 중요성을 새삼 느낀 여행이었다. 호텔 숙소에 들어오니, '여행은 돈이 아니라 용기의 문제다'라는 글귀가 눈에 띄었다. 아니다. 여행은 돈이나 용기의 문제가 아니라 몸의 문제다. 몸을 잘 관리해서 즐거운 마음으로 여행하리라 다짐해본다. 한 살이라도 젊을 때, 어디든 떠나야 한다.

여행은 참 대단하고 유익하다. 한없이 나를 겸허하게 만들고, 또 다시 살아갈 의욕을 심어준다. 인생의 길에서 나는 몇 번이고 넘어질 것이고, 여행의 길에서 다시 일어설 것이다. 여행은 긍정적인 삶의 변화를 이끈다.

1970, 태어나다

　나는 1970년에 태어났지만 호적상으로 1971년생이다. 무슨 까닭인지는 몰라도 우리 가족은 호적상 나이가 실제보다 한 살씩 어리게 등록되었다. 나이 때문에 지인들과 자주 실랑이를 벌이지만 주민등록증을 까고 이야기하자고 하면 할 말이 없다. 그 이전에는 어떠했는지 모르겠지만 50~70년대에는 출생 신고를 일부러 늦게 하는 경우가 많았다. 아마도 영·유아 사망률에 따른 변수와 사회적 분위기에 따른 듯하다. 형님들은 그 덕분에 정년이 늦춰지는 혜택을 보고 있다고 좋아하신다.

　통계청 자료에 의하면 우리나라 출생연령별 인구수를 살펴보면 1969년생(100만 5천 명), 1970년생(100만 6천 명), 1971년생(102만 명)들은 100만 명 이상이었다. 이 중에서 1971년생이 가장 많다. 이 때문에 1970년에 태어난 세대는 앞뒤로 가장 많은 연령대와 경쟁해야 했다.

　2023년 7월 기준 통계청 발표자료를 보면 국내 주민등록인구는 5138만 7133명으로 이 중 인구가 가장 많은 연령은 1961년생(62세)

으로 94만 3624명으로 집계됐다. 이어 1971년생(52세) 93만 6410명, 1969년생(54세) 93만 988명 등의 순이었다.

학생 수가 많다 보니 인문계 고등학교 진학을 위해서 재수를 하기도 했다. 내가 다니던 고등학교는 12학급이었고 한 반에 대략 60여 명의 학생들이 공부했다.

학생 수는 많고 대학교 수는 턱없이 부족하다 보니 대학 진학도 힘들었다. 다들 어려운 시절이었다. 고등학교 졸업 후 절반가량이 재수하던 시절이라 학원가에는 재수생들이 넘쳐났다. 1980년대 대학 진학률은 27퍼센트대, 1990년 초반까지도 33퍼센트대에 머물렀다.

70년생들 대다수가 89학번이나 90학번으로 대학에 들어갔다. 1989년은 직선제 선거로 당선된 노태우 정권 시절이었지만, 학생들은 그가 군부독재의 핵심 세력이었으며, 한국사회에 여전히 민주주의 제도와 자유가 부족하다고 생각했다. 그러다 보니 대학 캠퍼스에는 하루가 멀다 하고 집회가 열렸고, 물론 나도 그 집회에 참여해서 구호를 외치고 노래를 불렀다.

우리는 민주주의에 대한 열망으로 넘쳐났지만, 한편으로는 사회의 견고한 체제가 쉽사리 바뀌지 않는다는 사실을 알고 있었다. 사회 변혁 운동에 몸을 담기에도, 일신의 안위만을 좇기에도 애매한 시대였다.

남학생들은 1, 2학년을 마치고 군대에 입대해야 했다. 다른 사정이 없었다면 92년과 93년 전후로 전역을 하고, 93년과 94년쯤 복학을 했다. 나는 1991년 찬바람 부는 늦은 가을에 입대하여 1993년 포근한 봄에 전역했다.

복학한 대학교 분위기는 예전과 달랐다. 물론 당시에도 대학생들은 3당 합당을 비난하고, 김영삼 정권이 군부독재에 뿌리를 내리고 있으니, 더 투쟁해야 한다고 주장했다.

교정에는 여전히 드보르작 〈신세계 교향곡 9번〉을 개사한 익숙한 노랫소리가 울려 퍼졌으나, 그 노래에 깃든 결기와 의지는 예전 같지 않았다. 뭐랄까, 투쟁의 대상이 사라진 구호는 갈피를 잡지 못하고 허허로운 느낌이었다. 서슬 퍼런 군부독재가 스러지고 최소한의 민주주의를 이루었으니 학생운동은 주어진 소명을 이룬 셈이었다. 바야흐로 학생운동의 한 세대가 저물어가고 있었다. 게다가 복학생은 머지 않아 졸업이었고, 취업 문제가 발등에 떨어진 불이었다. 학교에는 여전히 최루탄이 자욱했지만, 대다수 복학생은 가끔 집회 주변을 기웃거릴 뿐 예전처럼 시위에 나서지 않았다.

89~90학번 남학생들은 1996~97년쯤 졸업했다. 그런데 하필 이때 IMF 사태가 터졌다. 사실 그전부터 위기의 조짐이 있었다. 70~80년대 한국 경제는 고도성장을 이루었다. 하지만 빠른 기간에 이처럼 가파른 상승곡선을 그리는 이면에는 재벌기업의 독과점과 저임금을 기반으로 한 가격 경쟁력, 냉전시대 국제사회 역학관계에 따른 반사이익 등 비정상적인 불안 요소가 가득했다.

1996년 한국 경제는 7.9퍼센트의 경제성장률을 기록했다. 70년대 이후 가장 낮은 성장률이었지만 사람들은 경제성장 과정에서 으레 발생하는 등락이겠거니 생각했다. 하지만 이듬해 우리나라는 국가 부도 위기에 빠졌다.

기업들이 무분별하게 끌어들인 외국자본을 갚지 못하고, 수출 규모가 줄어들면서 IMF의 구제금융을 받아야 할 처지에 놓인 것이다. 국가 파산 직전까지 몰렸던 환란의 시대였다.

그 당시 국민 대다수는 IMF 때문에 희망을 잃고 고통을 당했다. 부도, 파산, 실직으로 인해 자살자 수가 급증했다. 졸업을 앞두거나 졸업한 우리 세대도 직격탄을 맞았다. 수많은 기업이 도산해서 우리가 취직할 직장이 턱없이 부족했다.

수많은 졸업생이 기약 없는 취업 재수생으로 전락했다. 그중 한 명이었던 나는 대학을 졸업하고 여러 기업과 연구소 등을 전전하다가 지금의 직장에 이르고 있다. 헤아려보니 근무 기간이 평균 5년을 넘기지 못했다. 스스로 이직을 원하는 경우도 있었지만, 때로는 열악한 처우 때문에 어쩔 수 없이 그만두기도 했다. 여기에 나의 선택이나 의지와 상관없이 국가정책이 이리저리 바뀌다 보니 여기까지 흘러들어 왔다. 정규직으로 지내다가 기간제로 바뀌면서 갖은 어려움을 당했고, 무기계약직이라는 새로운 자리에 적응해야 했다. 그사이 결혼을 하고, 뒤늦게 얻은 두 아들은 성장하여 10대 후반과 20대 초반이 되었다.

70년생은 어느 세대 못지않게 대한민국의 경제·정치적 격변기를 건

너왔다. 어린 시절 가난을 경험했고, 자라면서 경제성장 과정을 목격했고, 청년기에는 정치 민주주의를 스스로 이뤄냈고, 사회인이 되어서는 IMF 위기까지 온몸으로 이겨냈다. 하지만 우리는 어정쩡한 변두리 세대로 기억된다.

우리는 386세대(현재 586세대)로 분류되지만, 사실 한 번도 386세대의 중심으로 유입되지 못했다. 한때 그들의 영웅담을 들으며 선망의 대상으로 여겼던 탓인지, 그들의 현재 행보는 실망스러움을 넘어 당황스럽기까지 하다. 그들은 한국사회의 중심세력으로 자리 잡았다. 아마도 1958년생 개띠 이후 가장 선명한 정치·경제적 변화를 주도한 세대가 아닌가 싶다.

586세대는 크게 두 집단으로 나뉜다. 첫째 집단은 1980~90년대 학생운동권을 이끌었던 지도부들이다. 삼민투, 전대협, 한총련 등을 이끌었던 지도부급 학생들은 대거 정치권에 영입되어 현재 대한민국을 움직이는 한 축을 맡고 있다. 둘째 집단은 고시 출신들이다. 이들은 암울한 시기에 대학가에서 학구열로 청춘을 불태우고 사법고시, 행정고시, 외무고시에 합격해서 행정과 입법, 외교 분야의 중심세력이 되었다. 그중에는 학생운동, 노동운동에 투신하다가 뒤늦게 고시에 합격한 이들도 상당수 있다. 두 집단은 비록 방향과 길은 달랐지만, 열정 가득하게 젊음을 불살랐다.

세월이 흐른 뒤, 이 두 집단은 대한민국을 쥐락펴락하는 기득권 세력이 되었다. 솔직히 부럽고 배 아프다. 나는 왜 이들처럼 지도부도 되지 못하고, 공부도 열심히 하지 못해서 이렇게 초라하게 살고 있는지 자책하기도 한다. 내 비뚤어진 심사는 잠시 접어두고, 한 발 떨어져서 조망해 보자. 그들은 과연 한국사회를 올바른 방향으로 이끌어가고 있는가.

민주화운동은 일부 운동권만의 점유물이 아니었다. 수많은 대학생과 시민이 뒤를 받쳐주고 함께했기에 민주주의를 이만큼 이룰 수 있었다. 물론 당시 지도부는 일반 학생들보다 더 힘들었을 것이다. 늘 긴장 상태에서 운동세력을 이끌어야 했으며, 또 안기부와 경찰에 잡혀 고문을 당하고 감옥살이를 견뎌야 했다. 이들 지도부는 시대변화에 따라 시·도의원, 국회의원, 자치단체장으로 대거 입성했다. 그들은 운동의 동력과 지향을 현실정치에 제대로 반영했을까? 정치세력의 주역이 된 이들은 과연 세상을 얼마나 바꾸었을까? 아쉽게도 변화의 징후는 희미하고, 심지어 그들 가운데 일부는 권력욕에 빠진 모양새다.

최루탄 흩날리던 시절, 고시원에 틀어박혀 공부에 몰두했던 사법고시 합격생들도 사법부의 중추 세력이 되었고, 또 상당수는 정치권에 들어왔다. 이들 역시 대한민국을 이끄는 핵심 세력이 되었다.

이들도 국민 정서와 동떨어진 채 자기들만의 성채를 쌓고 있다. 운동권 지도부 출신이든 고시 출신이든, 여야를 떠나서 386세대(오늘날 586세대)는 과연 역사 앞에 당당하고 자신만만할 수 있을까?

흔히들 역사는 승자의 편이라고 말한다. 그렇다면 여기에 속하지 못한 대다수 사람은 패배자이고 잘못 산 것인가? 아니다. 비록 목소리를 제대로 내세우지 않을 뿐, 굴곡진 현대사에서 사회 변화와 민주화를 이끌고, 경제적 풍요로움까지 만들어 낸 세대이다. 수많은 1970·71년생들은 묵묵히 자신의 자리를 지키며 한국사회를 지탱해 왔다. 그사이 우리 현대사는 80년 격동의 시기를 거치면서 도도히 흘러왔다. 수많은 시민과 학생들의 노력과 희생으로 대한민국의 역사가 만들어졌다.

유장한 역사의 흐름 속에서, 각자의 삶에도 크고 작은 역사가 명멸했다. 우리는 어느덧 중년의 기성세대가 되었고, 하나둘씩 부모님을 여의는 안타까운 시기를 맞이하고 있다. 직장에서는 위·아래로 흔들리고, 자식들이 독립하려면 아직 까마득하고, 새로운 세대로부터 꼰대라고 손가락질받는다. 물론 어느 세대라도 다 어려운 시절을 보내고 사회 변화의 주체이자 객체로 살아간다. 나는 70년생들의 발자취가 특별하고 유별나다고 생각하지 않는다. 예전처럼 늘 그러하듯이 오늘도 대부분 묵묵히 살아가고 있다. 누구나 아침 해가 밝아오면 달려야 한다.

제4장

도시의 낭만과 그림자

좁은 골목길, 그 자취방

도시의 거리는 언제나 분주하다. 수많은 사람들로 시끌벅적하고, 도로는 자동차로 넘쳐나고, 높고 위압적인 건물이 즐비하게 늘어서 있다. 바쁘게 돌아가는 시간 속에서 사람들은 여유를 잃어간다. 또 도시의 삶은 지독한 경쟁의 연속이다. 사람들은 일상적으로 긴장과 화를 탑재하고 만성피로에 시달린다. 사실 이 집단 히스테리의 밑바닥에는 획일화된 도시 공간의 폐쇄성과 압박감이 일조한다. 가뜩이나 비좁은 땅에 들어선 우리나라 대도시의 밀집도는 세계적인 수준이다. 이곳에서 숨 쉴 공간을 찾기란 여간 어려운 일이 아니다. 어디에서 잠시나마 긴장을 내려놓고 휴식할 수 있을까?

나에게 골목길은 도시 생활의 시작이었고 치열한 삶의 공간이었다. 골목길에서 청춘을 보냈고, 성장했다. 때로는 골목길에서 실연의 아픔을 겪었고, 쓸쓸함을 배웠다.

나는 1986년 광주 남구에 있는 고등학교로 진학했지만 북구 서방의 어느 오래된 골목길에서 처음 자취를 시작했다. 시골 부모님께서

돈이 없어서 집안 형편상 어쩔 수 없었다. 그때는 돈이 있는 집안 학생들은 하숙하거나, 전셋집을 얻어 자취했다. 나처럼 가난한 시골집에서 올라온 학생들은 열 달 치 선금을 내고 사글세 자취를 했다.

내가 입학한 학교는 주월동에 있었는데, 두 살 터울 형이 북구의 고등학교에 다니고 있던 터라 불가피하게 그곳에서 학교에 다녔다. 서방의 오래된 골목길에 자리 잡은 자취방은 그 당시 북구에서 가장 방값이 저렴했다. 천장과 부엌에는 쥐들이 자주 드나들었고, 주인댁 내외는 허구한 날 물건을 던지고 부부싸움을 하는 통에 시끄러웠다. 책상 하나에 이불 몇 개, 밥해 먹는 냄비가 살림의 전부였고, 방은 두 사람이 겨우 몸을 누일 만큼 작았다.

형과 나는 석유곤로를 사용해서 밥을 해 먹었다. 간혹 반찬이 떨어질 때는 고추장, 된장, 간장에 대충 밥을 먹는 경우도 있었다. 정말 반찬이 없을 때는 고춧가루를 비벼 먹기도 했다. 주인네 방으로 소리가 넘어갈까 봐 형과 나는 마음 놓고 웃거나 떠들지도 못했다.

그 궁핍한 시절에, 내 영혼을 달래주던 유일한 위안거리는 라디오였다. 늦은 저녁 라디오에서 〈별이 빛나는 밤에〉 시그널 음악(〈Mercie cherie〉)이 들려오면 비로소 안도감과 평온함을 느꼈다. 청취자 사연에 귀를 기울이고, 익숙한 노래가 나오면 따라서 흥얼거렸다. 자취 생활의 두려움과 학교생활의 부적응으로 쉬이 잠이 오지 않았지만, 라디오에서 들려오는 노래를 들으면서 고단한 하루를 잊었다. 허름한 자취방 작은 창문 밖에는 수많은 별들이 비 오듯이 쏟아지고 있었다.

아날로그 감성의 라디오가 내 유일한 안식처였다.

아침·저녁으로 북구 서방에서 남구 주월동까지 먼 거리를 통학하느라 힘들었다. 매일 타고 다니던 시내버스는 직장인과 학생들로 늘 만원이었고, 제때 버스를 타지 못해서 지각도 자주 했다. 형이 졸업한 후 나는 비로소 내가 다니는 고등학교 근처 주월동이나 무등시장 주변에서 자취했다. 아침밥은 거의 굶고, 저녁 10시쯤 끝나는 야간자율학습을 마치고 와서는 주로 라면을 끓여 먹었다. 늦은 시간에 쌀을 씻고 안쳐서 밥상을 차려서 먹으려면 여간 귀찮지 않았기 때문이다. 게다가 당시에는 피곤해서 금방 잠에 떨어지기 일쑤였다. 겨울철에는 연탄을 가는 것이 가장 곤혹스러웠다. 늘 연탄불이 꺼진 탓에 추위를 이겨내기 위해 이불을 이중삼중으로 두껍게 덮고 잤다. 정말 추운 날은 아직 온기가 남아 있는 연탄을 방에 두고 잠시나마 추위를 달래기도 했다.

혼자 지내던 쓸쓸한 자취방에서 바라보는 밤하늘의 별빛들은 왜 또 그리 밝았는지……. 고등학교 3학년이 끝나갈 무렵에는 남구 주월동 도로변 2층 주택 작은 방에서 자취했는데, 마침 맞은편에 새 아파트가 들어섰다. 매일 저녁 건너편 휘황찬란한 아파트를 부러운 눈으로 바라보면서 어른이 되면 저런 아파트에서 꼭 살아야지 다짐했었다.

지금은 백운고가도로가 철거되고, 남구청이 들어서고, 그 당시 학교는 매월동으로 이전하고 옛 부지는 대규모 아파트 단지로 변모하여 그 흔적을 찾을 수 없다. 오래된 공간은 추억을 머금고 있다. 골목길이 사라지면 추억도 사라진다.

도시의 골목길은 자본주의 민낯을 여실히 보여준다. 큰 거리 빌딩의 뒤편으로 돌아가면, 거기에 작고 지붕 낮은 집들의 담벼락을 경계 삼아 좁고 삐뚤빼뚤한 골목길이 거미줄처럼 얽혀 있다. 도시가 요구하는 신분과 재력과 능력을 지니지 못한 가난한 이들의 거처이다.

허름한 골목길은 그들의 고달픈 일상처럼 늘 그늘지고 쓸쓸하고 고독하다. 골목길을 가로지르는 뒤엉킨 전선과 가로등이 처량하고 가끔 개 짖는 소리도 구슬프다. 멀리 보이는 높은 아파트는 동경과 욕망을 자극하지만, 그래서 더더욱 현실의 늪은 깊고 짙다. 그곳에서 지내던 때는 어떻게 해서라도 빨리 탈출하고 싶었다.

이제 나는 우뚝 솟아 있는 신축 아파트에 산다. 그런데 언제부턴가 마음이 어지러울 때는 나도 모르게 그 지긋지긋하던 골목길로 발길이 향한다. 비좁고 가파른 언덕배기, 소형아파트, 다세대 연립주택, 먼지 가득한 구멍가게, 차량이 빼곡히 주차된 낯익은 골목길을 찬찬히 걷는다. 말할 수 없이 지저분하고 이상하리만치 적막한 공간에서 나는 어느샌가 위안을 얻는다. 그저 오래전 기억을 떠올리며 얻는 평온은 아니다. 그러기에는 그 시절은 내게 너무나 가혹했다.

어쩌면 도심에서 극적으로 탈출했다는 해방감과 안도감이며, 그보다는 비로소 골목길을 제대로 '발견' 하면서 얻는 기쁨일 것이다. 골목길은 도시가 분출한 쓰레기처리장이며 아직 자본의 힘이 닿지 않는다. 도시가 강요하는 질서와 관계가 적용되지 않는다. 그러니 민낯을 그대로 드러내게 되고, 도시가 싸질러놓은 잡동사니가 얼마나 흉측한지 확인할 수 있고, 사람 사는 날것의 모습을 들여다볼 수 있다. 골목길 한구석에 쭈그려 앉아서 담벼락 틈을 뚫고 자라난 들풀을 보거나, 지나가는 개미 행렬을 멍하니 관찰할 수 있는 기쁨도 덤으로 얻는다. 나를 내려놓고, 과거를 회상하고, 멍때리기에는 안성맞춤이다. 나에게 골목길은 도시의 비밀정원이자 여백이다.

도시 골목길은 익숙함과 낯섦이 교차하는 공간이다. 도시는 힘이 닿는 한 확장을 계속하고 멈추지 않는다. 그 탓에 골목길은 점차 사라져간다. 낮은 지붕 집도, 눈높이 담벼락도, 구불구불 좁은 길도 허물어지고 거기에 높은 건물과 넓은 도로가 들어선다. 언뜻 보기에 소란스러움이 사라지고 정리된 듯하지만, 나로서는 아쉽고 무서울 따름이다. 또 누군가는 저 빌딩의 틈바구니에서 숱한 좌절과 절망의 고비를 넘어야 할지도 모른다.

나는 견고한 회색 거리에서도 가끔 위안을 찾곤 한다. 찬찬히 걸으면서 주변을 살피고 두리번거리는 사람이라면 고개를 끄덕일 것이다. 회색 도시의 거리는 계절에 따라서 모습을 달리한다. 봄에는 가로수 새잎이 돋고, 담벼락 사이, 보도블록과 아스팔트의 작은 틈 사이에 민들레와 이름 모를 들꽃이 핀다. 여름과 가을에는 가로수 잎이 연초록에서 진초록으로 바뀌고 열매도 맺는다. 자연의 경이로움이 벅찬 감동으로 다가온다. 도저히 꽃을 피울 수 없다고 생각되는 작은 틈을 헤집고 세상 밖으로 나온 것이다.

먼지에 찌들었던 가로수 잎들이 쏟아지는 빗줄기에 깨끗이 새 단장 한다. 거리의 꽃과 나무들도 목을 축이고 갈증을 해소한다.

여학생 둘이 신호등 앞에서 우산을 다정하게 함께 쓰고 있는 모습이 정겹다. 비에 젖은 꽃잎들이 아스팔트 바닥에 불규칙하게 들러붙었다. 꽃그림을 망칠까 봐 조심스레 발걸음을 옮긴다. 스치듯 지나가는 바람 속에는 온갖 꽃의 향기가 담겨 있다. 곳곳에 퍼지면서 도시의 악취가 사라진다. 비가 갠 후, 도시의 거리는 산뜻하다. 아파트 창문을 열고 새벽 공기를 길게 들이마신다. 평소에는 흐릿하고, 아득했던 어등산이 뚜렷하게 보인다.

내가 사는 도시 이야기

'나는 어디에서 와서 왜 여기에 살고 있는 걸까?'나는 가끔 이런 고민에 빠지고는 한다. 환경 결정론에 따르면 인간은 물리적 주변 환경에 의해 좌우된다.

내 운명은 스스로 선택한 게 아니라, 어디에서 태어났으며, 어떤 사회에서 성장하느냐에 따라 결정된다. 내가 생활하는 공간과 주변환경이 그만큼 중요하다는 뜻이다. 그런데 우리는 태어나서 살아가는 지역의 과거 흔적에 대해서 깊이 새겨 볼 여유를 잊었다. 모든 역사는 하루아침에 이루어지지 않는다.

우리가 살아가는 공간은 숱한 사건과 일상을 거쳐 현재의 상태에 이르렀다. 그리고 역사의 순환과정에 따라 나는 운명처럼 여기에 서 있다. 사람들이 도시의 영향을 받는 것처럼, 도시는 환경에 맞춰서 성장하고 사람들에 의해 고유의 색깔을 갖는다.

광주는 고대 삼한(三韓)시대에는 마한이었다가 삼국시대에는 백제에 속했다. 백제는 3주로 나뉘었는데 무진주(武珍州)가 그중 하나였다.

삶은 그냥 견디는 것이다

무진주는 지금의 전라도 지역을 아우르는 지역이었고 광주가 그 주치(州治)였다. 무진주가 백제에 편입된 시기는 대략 4세기 근초고왕(346~375)대로 보고 있다. 이후 백제를 통합한 통일신라는 행정구역을 정비하면서 '무진주'를 9주의 하나인 '무주(武州)'로 편입했다.

견훤은 무진주에서 신라의 서남도총지휘병마를 자칭하다가, 900년 완주(오늘날 전주)에서 후백제를 세웠다. 고려를 건국한 태조는 940년(태조 23년)에 무주를 광주로 이름을 바꾸었다. 또 1362년(고려 공민왕 11년)부터 한자표기가 '무진주(茂珍州)'로 바뀌었는데 고려 혜종의 이름이 '무(武)'여서 지명과 중복을 피하려는 조치였다고 한다. 조선시대에는 1430년(세종 12년)부터 1451년(문종 1년)까지 다시 '무진군(武珍郡)'이라고 표기했다. 광주를 대표하는 명소 중 하나가 '무등산'이다. 광주를 넉넉하게 품고 있는 무등산은 백제 이전에는 '무돌'이나 '무당산'으로 불렸다. 이후 무돌의 이두음을 따서 '무진악(武珍岳)'또는 '무악(武岳)'으로 쓰였다.

고려 때는 '서석산(瑞石山)'이라고 불리기도 했다. '무돌'은 옛 농경사회의 지명인 '물둑'이라는 뜻과 순우리말의 조어인 '무지개를 뿜은 돌'이라는 뜻을 가지고 있다. 비할 데 없이 높고 큰 산, 등급을 매길 수 없는 산이라는 뜻도 있다. 김정호의 《대동지지》를 보면 백제 때 이곳에 성을 쌓았으며, 고려 원종 14년(1273년) 봄과 가을에 무등산에 제사를 지냈다는 기록이 있다.

이처럼 광주는 마한 시기부터 이미 정치와 행정 도시로 기능했다. 아쉽게도 고대도시의 흔적은 모두 사라졌다. 다만 광주읍성에서 조심스럽게 옛 규모와 형태를 유추해볼 수 있다. 광주읍성의 축조 연대는 명확하지 않지만, 고려시대에 토성으로 쌓았다가 조선시대로 오면서 점차 석축으로 바뀌었다고 추측한다. 고려시대 토성 자리에 조선시대 석축을 쌓아 올렸다면, 그 이전 시기의 도시 경계도 비슷하지 않았을까?《신증동국여지승람》에 따르면 광주읍성은 둘레 8,253척, 높이 9척이라고 소개하고 있다.

읍성 안에는 '성내방'이라는 관아를 중심으로 5개 마을에는 8백여 명이 거주했다. 성 밖에는 시장과 사직단, 성황당, 공동묘지 등의 시설과 마을이 형성되었다. 광주읍성 안에 가장 큰 건물은 객사인 '광산관'이었다고 전해진다. 지금의 충장로2가, 옛 무등극장 부근이라고 추측하고 있다. 광산관은 1909년에 객사의 기능을 상실하고 일본인 관청으로 사용되다가, 1920년대 광주군청이 대의동으로 이전되면서 모두 철거되었다. 이곳에 1931년 '제국관'이라는 극장이 들어섰고, 해방 후 무등극장으로 바뀌었다.

광주읍성 외곽에는 방어시설인 해자가 있고, 동·서·남·북에 각각 성문이 있었다. 동문으로는 담양 방면, 서문으로는 나주 방면, 남문으로는 화순 방면, 북문으로는 장성 방면으로 길이 이어졌다.

광주 도심에는 경양방죽이라는 인공호수가 있었다. 세종 20년(1440년) 농업용수 확보와 수해 예방을 위해 전라감사 김방(金倣)이 만들었다고 전해진다. 지금의 광주고등학교, 계림초등학교, 옛 광주상업고등학교를 잇는 부채꼴 모양이었으며, 면적은 4만6천 평에 이르는 호남지역 최대 인공호수였다.

일제강점기인 1940년 전라남도 도지사 야지마는 주민들의 반대를 거스르고 조선총독부의 비호 아래 경양방죽 일부를 매립했다.

그 후에도 경양방죽은 아름다운 풍광과 드넓은 규모를 자랑하며 광주의 명소 가운데 하나로 꼽혔다. 호숫가에는 수백 년 된 팽나무, 왕버들나무, 귀목나무 같은 고목이 즐비했으며, 호수 안에는 두 개의 섬이 있었다. 광주 사람들은 여름에는 뱃놀이를 하거나 나무 그늘에서 피서를 즐겼으며, 겨울에는 썰매타기, 연날리기, 팽이치기 같은 놀이를 했다.

경양방죽은 근대화의 풍파를 제대로 맞아 몸살을 앓았다. 주변이 도시화되면서 농업용수의 기능이 사라졌으며, 생활 쓰레기가 쌓여 수질이 나빠지고 악취를 뿜어냈다.

1966년, 광주시는 경양방죽 매립을 결정했다. 인근의 태봉산(오늘날 광주역 앞)을 헐어서 매립에 사용했다. 헐어버린 태봉산 자리에는 계림동 신시가지를 만들었다. 또 태봉산 일부 흙을 팔거나 계림동 신시가지를 분양해서 벌어들인 돈으로 금남로 확장공사 재원을 마련했다. 결국 경양방죽은 2차 매립과정을 거쳐 사라져버렸고, 광주시청(계림동)을 비롯한 근대 건물이 들어섰다.

그 당시 광주 시민들은 경양방죽을 없애면 큰 난리가 나고 많은 사람이 죽거나 화를 입는다면서 반대했다고 한다. 이러한 반대 여론을 의식해서인지, 광주시는 1969년 전남대학교에 용지(龍池)라는 인공호수를 만들었다. 또 다른 일설에는 풍수지리적 발상에서 용지가 조성되었다고 한다. 어느 날 한 도인이 유기춘 총장에게, "학교 안에 연못이 있어야 용이 승천할 수 있다"고 조언했다는 것이다. 용지를 조성하는 과정에서 공사비가 부족하여 군부대의 지원을 받았으며, 많은 학생과 직원들이 동참했다. 그 덕분인지 몰라도 유기춘 총장은 1974년 문교부장관으로 발탁됐으며 '개천에서 용났다'는 소문이 떠돌았다.

사실 광주는 한동안 전라남도 지역을 대표하는 도시로 자리매김하지 못했으며, 나주에 그 지위를 넘겨야 했다. 광주는 후백제의 견훤이 도읍을 세운 곳이었으니 집권세력에는 반역의 땅이었다. 이에 비해 나주는 고려 태조의 두 번째 부인인 장화왕후가 태어난 곳이며, 나주 세력은 태조가 고려를 세우는 데 도움을 주었다. 게다가 나주는 너른 평야와 영산강을 따라 서해로 이어지는 뱃길도 있었다. 나주는 고려와 조선시대에 정치와 상업 중심도시였다.

그러다가 1896년에 고종은 전국 행정구역을 13도로 개편했고, 이때 전라남도청을 광주로 옮겨왔다. 직전에 의병이 나주부 관아를 습격했는데, 이 사건이 도청을 광주로 옮기는 결정적인 계기가 되었다. 이때부터 전남도청은 광주 금남로에 위치하며 격동의 근·현대사를 경험했으며, 2005년 10월 전남 무안군 삼향면 신도시로 이전했다. 전남도청 자리에는 고 노무현 대통령의 대선공약으로 추진된 국립아시아문화전당이 들어섰다. 전남도청 건물은 5·18민주화운동 당시 최후의

항쟁지라는 상징성 때문에 6개 동에 대한 복원을 추진하고 있다.

광주는 일제강점기 때 본격적으로 도시가 형성되었다. 일제는 1911~14년 대전-목포를 연결하는 호남선 철도를 개설했다. 호남선이 남도의 곡창지대와 광주를 경유하며 구불구불 놓인 이유는 불 보듯 뻔하다. 1914년 조선총독부는 식민지 통치를 위해 면을 통폐합했다. 조선시대 광주목은 총 41개 면으로 구성되었는데, 이때 광주군 갈전면과 대치면이 담양군으로 편입되고, 함평군 오산면이 광주군으로 편입되었다. 또 조선총독부는 1921년쯤 광주지역의 토지·임야 조사사업을 마무리했다.

지금의 충장로 거리는 광주읍성 북문으로 통하는 길이었다. 우체국에서 충장파출소까지를 북문안거리라고 불렀다.

일제강점기 광주가 면에서 읍으로 승격되면서 북문안거리와 남문통 일대를 본정, 충장로 일대를 본정통이라고 불렀다. 본정통에는 전남도청, 헌병대본부, 경찰서, 검찰청 등 일제의 식민지 통치 기구가 포진되어 있었다.

해방 이후 정부는 지명을 새로이 정비하면서, 충장로 1가부터 3가까지를 관풍동, 4가를 취인동, 5가를 창선동으로 바꾸었다. 하지만 어울리지도 않고 부르기 어렵다는 비판 여론 때문에 1947년 임진왜란 의병장 김덕령 장군의 호를 따서 충장로로 바꾸고 1가부터 5가까지 구획을 나누었다. 충장로와 잇닿은 금남로는 이괄의 난을 평정하고 정묘호란 때 부원수를 지낸 정충신 장군의 호를 따서 '금남'으로 명명한 것이다.

　1920년대에 일제는 평양 능라도에 제6항공연대를 주둔시키고, 비상시 항공기의 이착륙을 위해 전국 각지에 임시 활주로를 건설했다. 그 후보지 중 하나로 경양방죽이 거론되다가 최종적으로 임시 활주로가 만들어진 곳이 치평동(지금의 상무지구) 일대였다. 치평동 비행장은 워낙 좁고 애초부터 민간공항으로 개발된 게 아니어서, 결국 1964~65년에 현재의 광주공항 자리인 광산구 신촌동으로 이전했다.

　광주면(1914년)의 구역은 1923년 1차 확장되어 광주읍(1930년)의 구역으로 이어지다가, 1935년에 2차 확장되었다. 광주군은 1935년 10월 부로 승격되었다. 1949년 7월 4일 '지방자치법'의 제정으로 그해 8월 15일부터 시제(市制)가 실시되었고, 그로 인해 광주부도 광주시로 명칭이 변경되었다. 3차 확장은 1955년에 있었으며, 그 후 1986년 직할시 승격과 1988년 송정시와 광산군의 광주직할시 편입 등 여러 차례 변모하며 현재의 행정구역으로 이어진다.

　광복 후 광주는 전라도에서 가장 큰 도시로 성장했다. 도청소재지로서 행정과 상업의 중심지가 되었다. 6·25전쟁 때는 육군 훈련 부대가 들어온다. 1952년 1월, 이승만 대통령이 치평동 일대에 위치한 보병학교, 포병학교, 통신학교 등을 상무대(尙武臺)라고 이름 붙이면서 시작되었다. 상무대란 '무(武)를 숭상하는 배움의 터전'이라는 뜻이다. 1984년 대통령의 '상무대 매각 및 교외 이전(상무신도심개발사업)' 지시에 따라 상무대는 장성으로 이전하고, 지금의 '상무지구'가 만들어진다.

이후 쌍촌동(상무대) 일대 운천지구 2백만 평을 신시가지로 건설하기 위해 녹지지역을 주거지와 상업 용지로 용도를 변경했다.

광주 근대화의 상징은 양림동이다. 양림동은 사직산과 양림산으로 이어지는 능선에 위치하고 있다. 양림은 '양촌'과 '유림'이 합쳐서 만든 이름이다. 1904년 미국 남장로교 선교부가 목포를 거쳐 광주 양림동에 정착하면서 선교활동을 시작했다. 이때 선교사들은 제중병원, 교회당, 숭일학교, 수피아여학교 등을 건립했다. 양림동 일원에는 근대 서양식 건물이 곳곳에 들어서 있다. 그 당시 양림리에는 선교사들이 운영하는 한센병 환자 수용소도 있었다.

양림동에는 호랑가시나무가 있다. 크리스마스 즈음에 빨간 열매가 맺히고 크리스마스트리 장식으로 잘 쓰이는 조경수다. 붉디붉은 열매가 십자가에 못 박힌 예수의 피를 상징해서 '예수나무'로 불린다. '사랑의 열매' 상징도 이 나무열매에서 비롯된다는 말도 있지만 근거는 없는 듯싶다.

광주에서 가장 오래된 서양식 건물이 우일선 사택이다. 동화속 집처럼 나무와 숲이 감싸고 있다. 사택의 뒤편 산책로를 따라 올라가면 묘원에 이르는 '고난의 길'이 있다.

6·25전쟁 전·후로 광천동은 피란민과 영세민들의 판자촌이 들어서 생활환경이 아주 열악했다. 1969년 광주시는 주민들의 주거환경 개선을 위해 이곳에 184세대 3동, 9평형의 시영아파트를 건립했다. 광주지역 최초의 아파트였다. 뒤이어 1970년 학동에 44세대 2동, 세대별 13

평형 규모의 아파트를 시작으로, 1970년대에는 10~30평 규모의 저층 아파트가 건설되었다.

1975년에는 쌍촌동에 광주지역 최초의 주공아파트가 들어섰으며, 운암동 주공아파트(1979) 등이 뒤를 이었다. 또한 1970년대 후반부터 금남맨션(1977), 무등아파트(1978) 같은 고층아파트가 지어졌다. 옛 광주읍성을 복원하면 좋겠지만, 막대한 비용이 드는 탓에 여의치 않을 듯싶다. 다만 4대문 복원은 가능하지 않을까 싶다. 동문(서원문)은 전남여고 후문 근처, 서문(광리문)은 불로동 옛 미국문화원 자리, 남문(진남문)은 전남대병원 사거리, 북문(공북문)은 충장파출소 인근에 있었다. 도시마케팅 차원에서 옛 전통을 본받아 새로운 것을 창조해야 한다.

나의 문중은 조선시대 기묘사화 이후 조광조 문인이었던 친인척의 피해로 인해 나주, 영암, 본량으로 집단 이주했다. 이때부터 서울(한양)과 담을 쌓고 7백여 년을 광주(광산), 화순, 나주 지역에 터를 잡고 살고 있다. 증조할아버지 때 영암에서 본량으로 이사하는 도중 어느 마을에서 하룻밤 쉬어 가기로 했는데, 주변 터가 널찍하고 고즈넉해서 아예 눌러앉았다고 한다. 그곳이 내가 태어나고 어린 시절을 보낸 삼도다. 나는 중학교를 마치고 고등학교에 진학하면서 삼도를 벗어나 광주로 자리를 옮겼다.

1986년 내가 광주에 첫발을 내디디고, 처음으로 잠을 잤던 곳은 계림동에 살고 계셨던 이모 집이었다. 아담하고 깨끗한 근대식 주택이었다. 마당 한편에는 작은 정원이 있었던 것으로 기억한다. 나는 고등학교 진학 후 광주 서방(옛 서방면, 현 우산동), 백운동과 주월동(무등시장 근처) 등지를 옮겨다니며 자취를 했다. 대학에 다닐 때는 용봉동과 신안동에서 자취를 하거나 고시원과 독서실에서 지내기도 했다. 형을 따라다니면서 학동 '배고픈 다리' 근처에서 산 적도 있다. 결혼하고 나서는 두암동 주공아파트에서 신혼을 보냈고, 지금은 쌍촌동 지역에서 살고 있다. 직장이 상무지구에 있다 보니 일상적 생활이 이곳에서 이루어지고 있다.

　이제는 내가 살았던 예전의 주거지 모습을 거의 찾아볼 수 없다. 재개발과 재건축으로 아파트 건물이 들어섰기 때문이다. 도시의 흔적이 사라지면서 나의 추억도 사라진 것 같은 아쉬운 마음이 든다. 도시의 역사가 도도히 흘러가고, 나 역시 그 물결을 따라 찬찬히 흘러가고 있다.

밑바닥을 보면
도시가 보인다

　인문학자이자 유명 저자인 피터 윗필드는 《세상의 도시》에서 64개 도시의 탄생과 문명의 발달과정을 보여준다. 도시가 사상과 기술, 예술, 과학 그리고 종교의 중심지로 자리 잡게 된 이유를 밝히고 있다. 저자는 서문에서, '인간이 만들어낸 힘은 사회, 경제, 기술의 동력을 의미하고 '도시'라는 단어는 '문명' 또는 '문명화'라는 단어와 직결된다. '도시는 인간 그 자체이기 때문이다. 위엄 있는 도시, 불결한 도시, 친밀한 도시, 비인간적 도시, 창의적 도시, 암적인 도시, 이 모든 이미지가 부도덕하고 부족한 인간을 투영한다'고 규정한다. 나아가 '어떤 도시는 그 발달과정에서 전혀 계획되지 않은 우연한 아름다움을 지니게 되었고, 또 다른 도시는 지도자의 의지로 형태를 잡거나 재건된 것'이라고 말한다. 그러니까 도시를 보면 그곳에서 살아가는 사람들의 역사와 문화와 내밀한 일상까지 엿볼 수 있다는 뜻이다. 그렇다면 우리가 사는 도시는 어떤 모습일까?

우리나라의 도시화는 근대화와 필연적으로 겹친다. 일제강점기와 6·25전쟁을 거치며 극심한 가난에 시달렸다. 경제는 파탄 났으며, 과거의 주거환경은 거의 폐허가 되었다. 사람들은 어떻게든 굶주림에서 벗어나기 위한 산업화를 최우선 과제로 삼았다. 기술과 자본과 자원이 빈약한 나라에서는 노동집약적 산업과 저임금을 기반으로 수출을 통한 경제 발전을 꾀할 수밖에 없다. 이 때문에 서울을 중심으로 한 수도권, 수출·입 항구를 중심으로 한 부산과 인천, 그리고 이 삼각형 구도를 잇는 중간 지대의 몇몇 도시가 빠르게 산업화·도시화 되었다. 이 도시에 필요한 노동력은 농촌 인구가 이동해서 채워졌다. 당시 세계의 정치적·경제적 조건은 우리나라가 빠르게 발전할 여건을 마련해 주었으며, 도시는 폭발적으로 확장되었다. 이에 따라 70~80년대 성장한 도시는 산업단지와 주거지역이 무분별하게 뒤섞였으며, 몇몇 지역에 산업단지만을 특화해서 새롭게 세운 도시도 생겨났다.

수많은 사람들이 한 공간에 모여 살아가려면 주택, 도로, 학교, 공원, 상·하수도를 비롯해서 도시를 지탱할 기반시설을 마련해야 한다. 일반적으로 도시가 형성되고 발달하려면 장기적인 계획과 차분하고 조심스러운 진행 과정을 밟아야 한다. 기능적 편리성뿐만 아니라 정서적 편안함까지 고려해야 하기 때문이다. 하지만 우리나라 도시는 그러지 못했다. 경제 성장과 함께 도시가 형성되고 확장되다 보니 물리적 기능성과 정서적 감수성은 배제되고 오직 빨리빨리 속도전에만 매달렸다.

덕분에 21세기 우리나라 대도시는 천편일률적인 고층아파트, 주변을 고려하지 않은 거대 빌딩, 차량으로 가득한 아스팔트 도로만 남았다. 삶의 질, 삶의 여유, 삶의 위안을 느낄 만한 공간은 찾을 수 없고 사람이 없는 건축을 위한 도시, 토목을 위한 도시, 도시를 위한 도시가 건설되었다.

이처럼 이른바 개발도상국 시절 우리나라 도시의 형성과 성장 과정은 매우 기형적이었다. 성장제일주의를 기치로 내걸던 시대가 낳은 필연적인 결과물이다. 비슷한 시기에 개발도상국을 거치며 빠르게 성장한 아시아의 몇몇 도시들도 있지만, 우리나라 도시만의 특징은 세계적으로 독특한 아우라를 내뿜는다. 문제는 이제부터다. 30여 년 동안 유례를 찾기 힘든 고도성장기를 거치며 형성된 우리 도시를, 앞으로 어떻게 유지하고 보수하고 재개발해야 할까?

우리나라는 이미 세계 경제 순위에서 10위 권으로 진입했으며, 성장과 등락을 겪기는 하지만 여러 산업 분야에서 안정적으로 탁월한 성과를 내오고 있다. 굶주림에 벗어나기 위해 몸부림쳤던 사람들은 이제 삶의 질이 넓고 높고 깊어지기를 갈망한다. 더불어 그 풍요로움이 일상의 생활공간과 밀접하게 연관된다는 사실을 인지하고 있다. 자연스레 사람들의 시선은 도시계획을 주관하는 행정(관)에 쏠릴 수밖에 없다. 비좁고, 어지럽고, 여전히 토건 세력이 활개를 치는 이 도시를 어떻게 리모델링해야 할까?

아쉽게도 도시계획을 주관하는 공무원들은 장기적 계획을 내놓지 못하고 무미건조한 도시를 유지하고 봉합하는 일에만 몰두한다.

인간을 위한 도시, 창조 도시, 기회 도시는 언감생심 꿈도 꾸지 못한다. 온갖 법 규제에 매달려 기계적으로 일을 처리하지만, 대체로는 토목업자와 건축업자들의 욕망을 제어하지 못하고 자본의 마천루를 쌓아올리는 데 일조하고 있다. 넓은 6차선 도로의 횡단보도는 서둘러 재빨리 걷지 않으면 자동차 경적에 기겁한다. 노인을 위한 도시는 없다. 좀 쉬어서 가려고 벤치를 찾아봐도 도통 보이지 않는다. 도시는 커지고, 도로는 넓어지고, 건물과 사람은 늘어났지만 오히려 사람이 살기 힘든 도시가 되어가고 있다.

오늘날 도시계획을 주관하는 사람들은 주로 생활간접자본시설 확충(SOC) 전문가들이다. 그들은 도면 위에 점, 선, 면을 긋고, 공간을 만들어내는 데 선수이다. 그들이 긋는 점과 선, 면에는 어김없이 도로와 건물이 들어선다. 또 도시계획 심의위원은 대다수가 중년의 남성, 건축이나 토목 전공한 교수들이다. 다양한 전문가들이 심의위원에 포함되어야 한다. 여성은 물론이고, 색채 전문가, 디자인 전문가, 도시생태 전문가들이 도시를 계획하고 심의하는 데 참여해야 한다. 인문학자, 소설가, 시인, 화가, 음악가, 운동선수들의 의견도 수렴해야 한다.

인간중심의 도시를 만들기 위해서는, 도시의 밑바닥부터 살펴보아야 한다. 우리나라 도시의 거리와 바닥은 너무나 무색무취하다. 철학이 빈곤한 도시는 허접하고 무질서하다. 까닭 없고, 여유 없는 사람들이 모여 사는 도시의 삶은 고달프고 분주하다. 사람보다 차가 우선시되는 도시의 거리는 사람들에 대한 배려심이 부족하다. 뾰족하고 네모난 볼품없는 보도블록, 특색 없는 거리에는 자본주의 탐욕만 가득하다.

매년 12월이 되면 보도블록 교체, 도로 개·보수가 성행했던 이유는 원칙 없는 도시행정과 무분별한 도시계획 탓이다. 해마다 반복되는 보도블록 교체는 불가피한 측면이 있기도 하지만, 제대로 된 도시 디자인이 없기 때문이다.

장마철 도시의 거리는 배수가 제때 안돼서 물웅덩이가 생기고, 침수를 반복한다. 바닥은 엉망진창이고 너무 미끄러워서 차마 걷고 싶은 마음의 엄두가 나지 않는다.

나는 도시의 거리를 자주 걷는 편이다. 매일 걷고 다니는 도시의 길바닥에는 수많은 사람들의 삶이 녹아 있다. 사람들은 가장 낮은 밑바닥에 처할 때 진정한 민낯이 보인다. 그 도시의 본질을 알고 싶다면, 그 도시의 거리를 걸어보는 게 가장 확실하고 빠른 방법이다. 도시의 거리를 새로이 디자인해보고 싶다. 시와 꽃그림이 가득한 건물, 무지갯빛 바닥, 물결무늬 바닥, 푸른 하늘을 닮은 바닥이 그립다.

도시의 풍경화는 어느 곳이든 가능하다. 도시의 랜드마크는 거대한 건축물에만 있는 것이 아니다. 도시의 정체성은 시민들의 삶 속에서도 얼마든지 찾을 수 있다.

도시의 민낯은 길거리와 바닥을 보면 짐작할 수 있다. 숨기고 싶어도 감출 수 없는 것이 허름한 골목길 모습과 악취 풍기는 밑바닥이다. 길거리와 바닥에는 그곳에 사는 사람들의 정서와 사연이 깃들고, 역사와 전통이 녹아 있다. 해외에 나가서도 그 도시의 거리를 걸으면서 바닥을 유심히 살펴보고, 열심히 사진을 찍는다. 유럽에는 나라, 도시, 마을별로 자신만의 특별한 보도블록이 꼭 있다.

도시의 시그니처라고 불릴 만큼 재질도, 디자인도, 모양도, 크기도 각양각색이다. 고색창연한 건물과 들쭉날쭉 거친 돌이 놓인 바닥의 풍경이 멋진 조화를 이룬다. 하지만 내가 사는 이 나라의 도시 거리는 어디를 가나 똑같거나 비슷하고, 주변의 건물과 부조화로 답답하기 그지없다.

아파트는 우리 도시의 풍경을 구성하는 핵심 요소가 되었다. 내가 사는 도시는 삭막한 아파트 단지가 곳곳에 즐비하다. 아파트 면적 비율이 75퍼센트를 상회한다. 아파트 건축을 위해서는 복잡한 행정 절차와 심의를 받아야 한다. 도시계획, 건축, 경관, 교통 등 개별법령별 심의를 따라야 한다. 사업계획 승인을 받기 위해서는 1년이나 2년 이상의 시간이 걸린다. 이러한 절차와 과정에도 불구하고 도시는 천편일률적 성냥갑 모양 아파트로 채워진다.

아파트 건축이 무조건 잘못된 것이라고 할 수 없다. 무조건 막는 것이 능사는 아니다. 좁은 땅은 효율적으로 이용하기 위해서 아파트가 필요하다. 그런데 우후죽순 지어진 아파트로 인해 도시의 경관이 망쳐지거나 스카이라인이 무시되어서는 안 된다.

사람과 자연이 공존할 수 있도록 경관 보존 관리 구역, 경관 형성 구역 등 지역적 특성을 반영한 도시관리 방안이 필요하다. 아파트가 네모난 건축물로 난립하면 도시의 경관은 무겁고 답답해진다. 알록달록 다양한 크기와 높이와 형태로 디자인되고 자연과 조화를 이뤄야 한다. 아파트와 어울리는 공원을 만들어서 시민들이 휴식을 취할 수 있는 공간을 마련해야 한다. 사람들이 도시를 닮아가듯이 도시 또한 사람들을 닮아간다.

영화 〈이상한 나라 수학자〉에서 수학자 역할을 맡은 최민식은, "공식대로만 풀면 친해질 수 없다. 답을 내는 것도 중요하지만, 질문이 무엇인지를 아는 것이 더 중요한 거다"라고 말한다. 도시가 문제 있다고 하는데, 우리는 엉뚱한 해답을 찾고 있는 건 아닌지 살펴봐야 한다.

도시는 수많은 철학적 담론을 담고 있는 공간이다. 도시는 인간의 수많은 욕망이 분출되는 용광로이자 해방구이기도 하다. 인간을 이해하지 못하고서는 도시를 이해하기 힘들다.

호모 하이에나의 도시

인간이나 동물이나 사는 것이 그리 수월하지 않다. 사는 환경이 다를 뿐 생존을 위한 치열한 몸부림이 가득하다. 사람들은 사회에서 동물들은 자연에서 한 치 양보 없이 전쟁 같은 삶을 산다.

살아 움직이는 그 무엇이라도 태어난 이상 생존을 위해 맹렬히 투쟁해야 하는 운명을 지니고 있다.

텔레비전이나 유튜브에서 〈동물의 왕국〉이나 자연 다큐멘터리를 즐겨 본다. 지금 내 현실이 아무리 힘들더라도 약육강식의 험난한 정글에서 살아남아야 하는 이들에 비할 바가 아니다.

직장생활을 하면서 허무함이 짙어지고 자신감을 잃고 의기소침하고 무기력에 빠져 헤매기 일쑤다. 때로 남보다 뒤처지고 있다고 생각하면 나도 모르게 불안하고 초조해진다. 하지만 야생의 동물들이 생사의 갈림길에서 몸부림치는 모습을 보면서 내 감정이 오히려 얼마나 나태하고 배부른 칭얼거림인지 깨닫곤 한다. 동물들은 오직 생존을 위해 치열하게 싸우고, 그 투쟁은 생태계의 균형과 순환을 빚어낸다.

동물이 살 수 없는 자연조건이면 인간 또한 생존할 수 없다. 그만큼 동물들이 사는 환경은 인간과 밀접한 관계가 있다.

동물들은 자연 변화나 계절에 따라서 꾸준히 이동한다. 무리의 우두머리가 이끄는 대로 거친 땅과 늪을 지나고 강과 바다를 헤엄치고 바람길을 따라 하늘을 날아간다.

젬스복(영양)은 거대한 무리를 이루어 아프리카 칼라하리 사막을 횡단한다. 젬스복이 이룬 행렬의 길이는 210킬로미터에 폭은 21킬로미터에 달한다.

아프리카 초원의 누 무리도 건기와 우기에 따라 세렝게티와 마사이마라를 오간다. 경험이 많은 우두머리라고 해도 수백 마리의 누 무리를 이끌기란 쉽지 않다. 강을 건너는 동안 악어의 습격을 받기도 하고, 물살에 휩쓸리기도 한다. 간신히 강을 건넜다고 하더라도 아직 안심할 단계는 아니다. 맹수들이 곳곳에서 누 무리를 뒤쫓는다. 누는 생존을 위해 본능적으로 이동할 뿐이다. 누를 노리는 맹수들도 목적은 같다. 이 위험천만한 투쟁은 복잡하게 얽힌 먹이사슬을 이룬다.

여러 동물들은 제각각 주변의 환경에 적응하면서 살아간다. 원숭이들은 나무 위에 안식처를 만들고, 미어캣이나 멧돼지들은 땅속 깊이 구덩이를 파서 보금자리로 삼는다. 이들은 각자의 생존방식으로 살아남아서 종족을 보존한다. 초원과 밀림에서는 한 끼 식사를 위한 치열한 삶의 경쟁이 펼쳐진다. 초식동물은 싱싱한 나뭇잎과 풀, 물을 찾아서 초원을 가로지르고, 그런 초식동물을 사냥하기 위해서 또 다른 고양잇과 동물이 뒤따른다. 한쪽은 잡히지 않으려고 달리고 한쪽을 잡아먹기 위해서 달린다. 아프리카 초원은 늘 삶과 죽음을 둘러싼 긴장이 가득하다.

같은 무리 안에서도 서열 싸움을 하고, 다른 무리와 영역 싸움을 하고, 종족 보존을 위한 짝짓기의 혈투가 벌어진다. 야생의 공간에서 생존을 위한 몸부림과 울부짖음은 일상이다.

우두머리 수사자는 10여 마리의 암컷들을 거느리고 살면서 아프리카 숲과 들판을 지배한다. 힘도 세고 영리한 사자들은 집단사냥을 한다. 이들은 먹잇감이 자기들의 냄새를 맡지 않도록 바람을 역이용하고, 도망갈 퇴로를 차단하고, 철저한 역할 분담을 통해서 사냥한다.

얼핏 보기에 초식동물과 맹수들의 관계는 일방적이고 수직적이다. 그런데 왜 초식동물이 멸종한다거나 맹수과 동물이 기하급수적으로 증가하는 현상이 일어나지 않을까? 초식동물의 종족 번식력과 습성이 생존 조건에 월등히 유리하기 때문이다. 가젤, 물소, 누는 풀을 뜯어 먹으며 생활한다. 풍족하지는 않지만, 맹수처럼 먹이를 구하기 위해 많은 에너지를 소비할 필요가 없다. 그들은 큰 무리를 이룰수록 생존 게임에서 살아남을 확률이 높다는 사실을 알고 있으며, 따라서 최대한 많은 종족을 번식하기 위해 노력한다. 치타, 표범, 호랑이는 한 번의 사냥을 위해 온 힘을 쏟아내지만 성공 확률은 10퍼센트도 안 된다. 맹수과 동물은 자기만의 사냥 영역이 있어야 한다. 드넓은 자기 구역이 있어야 사냥 성공 확률이 높아지고 생존 가능성도 높아진다. 그러니 너무 많은 자손을 번식하면 곤란하다. 또다시 생존을 위한 유전적 선택이 자연의 절묘한 조화를 이루는 현장을 목도한다.

거대한 고양잇과 동물들은 무자비하지만, 대규모 학살을 하지 않는다. 단지 배고픔을 벗어나기 위해 사냥할 뿐이다. 최상위 포식자라도 세월이 지나 사냥을 못하거나 무리를 이끌 만한 힘이 떨어지면 금세 권좌에서 밀려나 초라한 죽음을 맞이한다. 밀림의 왕인 수사자도 영역 싸움과 서열 싸움에서 밀려나면 무리에서 쫓겨나 외로이 홀로 살다가 죽음을 맞이한다.

초원의 동물 중에서 나는 하이에나에 유난히 눈길이 머물곤 한다. 하이에나는 사향고양이와 비슷한 조상을 두고 있다. 하이에나는 다양한 습성과 특징을 가지고 있다. 알면 알수록, 보면 볼수록 대단하고 신기한 녀석이다. 어느 동물에도 견줄 수 없는 그들만의 행동 양식과 사회성을 가지고 있다. 하이에나는 점박이하이에나, 줄무늬하이에나, 갈색하이에나, 땅늑대 하이에나, 이렇게 네 종류가 있다. 하이에나는 아프리카와 아시아 일부 지역에서 서식하며, 모성애가 강하고 암컷 중심의 모계사회를 이끈다. 점박이하이에나는 40~80킬로그램이나 나갈 정도로 커서 사자도 함부로 하지 못한다. 줄무늬하이에나와 갈색하이에나는 표범과 치타, 늑대가 사냥한 먹잇감을 빼앗아 먹기도 한다.

하이에나는 다른 맹수들이 사냥한 먹잇감을 가로채고, 죽은 동물의 사체를 처리하는 청소부로 익히 알려져 있다. 물론 그것도 먹이활동 가운데 하나지만, 하이에나로서는 억울한 감이 없지 않다. 오히려 사자가 표범이나 하이에나가 사냥한 먹잇감을 빼앗는 경우가 많다. 하이에나는 주로 살아 있는 동물을 사냥해서 잡아먹는다. 주로 집단 사냥을 하고, 사자보다 심장이 두 배나 커서 오래 달릴 수 있다. 순간 속도는 떨어지지만 지구력이 뛰어나서 끈질기게 따라붙어서 사냥한다. 타고난 사냥꾼이다.

하이에나는 주로 '누'나 '가젤' 새끼를 사냥한다. 굶주림에 허덕일 때는 간혹 코끼리나 암사자, 늙은 수사자를 공격하기도 한다. 점박이 하이에나는 사자와 서식지가 같아서 늘 먹이를 두고 충돌한다. 덩치만 봐서는 싸움이 안 될 것 같지만, 영악한 하이에나들은 암사자에게 한꺼번에 달려들기도 한다.

싸움이 시작되면 하이에나는 암사자의 뒷다리를 집중적으로 물어뜯는다. 뒷다리를 물린 암사자는 움직임이 느려지고 전의를 상실한다. 이처럼 하이에나가 사자와 싸워서 물리치는 장면을 보기란 그리 어렵지 않다. 하이에나는 거대한 물소를 공격하기도 한다. 거대한 물소의 급소를 집요하게 물어뜯어서 힘을 떨어뜨리며 잔인하게 죽인다.

그리고 보면 하이에나는 약자에게만 강한 게 아니라 강자에게도 겁 없이 행동한다. 사냥에 성공하면 뼈까지 으깨서 삼키고, 앞서 이야기했듯이 썩은 고기도 남김없이 해치운다. 소화기관이 독특하게 진화한 덕분이다. 또 하이에나 새끼는 어미가 가져다주는 먹이가 부족할 때면 자기보다 나중에 태어난 동생을 무자비하게 죽이기도 한다. 어쩌면 머지않은 미래에 생존 투쟁을 펼칠 경쟁자를 미리 제거하는 것일 수도 있다. 형제자매를 죽이는 무자비한 모습을 보이는 유일한 포유류이다. 초원의 냉혹한 전쟁터를 음습하고 거침없이 활보하는 무법자 포스가 풍겨나온다.

집단생활을 하는 하이에나는 암컷 우두머리에게 철저히 복종하며 위계질서를 철저히 지킨다. 하지만 우두머리가 무능하거나 무리를 제대로 챙겨주지 못하면 집단으로 반란을 일으켜 우두머리를 추방하거나 죽이기도 한다. 이처럼 특화된 사회성과 생명력 때문에 하이에나는 육식동물 가운데 멸종하지 않고 미래에도 가장 오랫동안 살아남을 동물로 손꼽힌다.

나는 하이에나의 습성을 보면서 한편으로 늘 인간을 떠올린다. 인간과 하이에나 중 어느 편이 비정하고 잔인할까? 하이에나는 배고픔을 참지 못하지만, 인간은 배 아픈 것을 참지 못한다. 타고난 이기적인 마음으로 상대를 인정하지 않으려고 한다. 오죽하면 '사돈이 논을 사면 배가 아프다'는 속담이 있을 정도이다. 나보다 약한 사람을 시시때때로 해코지한다.

하이에나는 한결같이 냉정하고 포악하지만, 인간은 한없이 다정하고 친한 척하다가 어느 순간 매몰차고 냉소적으로 돌변한다. 우리 사회 곳곳에는 하이에나보다 잔인한 사람들이 가득하다. 누군가 어려움에 빠지거나 잘못된 일에 연루되면 마치 기다리고 있었다는 듯 물어뜯는다. 남의 불행을 기회 삼아 자기 이익을 얻기 위해 조금도 망설임 없이 달려들어 갈기갈기 물어뜯는다. 입에 피를 묻히고 피해자에게 짐짓 위로의 말을 건네기도 한다. 인간은 행복한 이들보다는 불행한 이들에게 더 끌린다.

우리 사회 곳곳에 비열한 하이에나들이 도사리고 있다. 학교에서는 왕따를 만들고 직장의 익명 게시판에는 강자에게 온갖 아양을 떨면서, 약자를 비하하거나 무시하는 글이 수두룩하다. 당사자 앞에서는 내색하지 않으면서, 은밀한 뒷담화와 비난을 일삼는다. 상대방을 깎아내리면서 희열을 느낀다. 인간은 사회적 동물이다. 본능적으로 집단을 형성하고, 서열을 정하고, 지배-피지배 체제를 갖춘다. 같은 무늬끼리 뭉치고, 다른 무늬는 소외시키고 배척한다. 돌이켜보면 인간은 원시적 생태계에서 개개의 전투력이 보잘것없고, 따라서 사냥할 때 집단적 잔인함을 최대치로 끌어올려야 했을 것이다.

인간은 이미 원시적인 생존 전쟁 상태에서 벗어났지만, 그들의 몸 안에는 태초의 동물적 본능이 여전히 꿈틀대고 있는지도 모르겠다. 그 잔인한 본능이 인간을 탐욕과 끝없는 자기만족을 갈급하도록 이끄는 게 아닐까? 하이에나 다큐멘터리를 보면서 내가 소스라치는 이유는 늘 인간의 모습이 겹쳐 보이기 때문이다.

작가에 대하여

내 또래의 직원들이(64년생) 일제히 직장을 떠났다. 대개는 아무도 없을 때 조용히 숨어들어 혹여 들킬세라 몰래 짐을 싼다. 떠나기 아쉬운 이들은 이런저런 말들을 공개 게시판에 늘어놓고 간다. 떠난 용띠 중 몇을 골라 그들이 남긴 인상을 더듬어 본다. 실력은 넘치는데 지지리도 운 없는 사람, 욕심 채우려고 해바라기 인생을 산 사람, 정의롭지만 나서길 좋아해 말도 많고 탈도 많은 사람, 소박한 성품으로 편안하고 일도 잘해 누구나 좋아하는 사람. 여기에 근무하는 직원이라면 누구를 말하는지 금방 알아차릴 것이다.

류재준 박사는 어떤 인상을 남기고 떠났을까. 공직사회에 드문 지역개발 전문가로 균형발전정책을 맡았던 실력파라고 생각한다. 여기에 더해서 말 잘하고 글 잘 쓰는 에세이스트, 잘 풀리지 않는 인생을 바꿔보려고 무던히 애쓰는 전략가, 세상의 흐름을 읽어내고 늘 새로운 변화에 도전하는 지식인, 세상을 정복한 알렉산더 대왕에게 나 도와줄 생각 말고 햇빛이나 가리지 말라 했던 디오게네스 같은 내면이 단단한 인물이 류 박사다. 그게 다가 아니다. 류 박사는 어머니

사랑 듬뿍 받고 자란 막둥이답게 정 많고 사람 냄새 물씬 나는 삼도 촌놈이다. 이 책을 접하는 사람은 인간적인 너무나 인간적인 류 박사를 가장 먼저 만나게 된다. 어느 때보다 삶이 팍팍한 요즘, 류 박사가 들려주는 내면의 목소리를 들어보시라. 독자들 스스로가 어떻게 살아야 하는지, 마음은 또 어떻게 다스려야 하는지 답을 찾게 될 것이다. 그럽고 아쉬운 삶의 여백이 필요한 독자들의 마음속 깊이 파고들어 너그럽고 지혜롭게 마음 쓰는 법을 들려줄 것이다.

중년의 나이답지 않게 그의 글은 젊다. 청년들 편에서 목소리를 낸다. 기성세대의 잘못을 꾸짖는다. 어른들이 돈에 눈이 어두워 부동산 구매 비용을 천정부지로 올려놔 청년들이 집 사는 건 꿈도 꿀 수 없게 됐다고 진단한다. 못된 정치인들이 서로 싸우느라 수도권 집중 문제 하나 해결하지 못해 지역은 고사 위기라고 평가한다. 젊은이들이 다 떠난 지방 도시들은 이미 활력을 잃었고 그 악순환은 계속될 것으로 본다. 상황이 이런데도 정신 차리지 못하고 남 탓하기 바쁜 희망이 없는 시대를 사는 우리에게 류 박사의 거침없는 글쓰기는 큰 위안이 될 것이다. 달마 스님은 "너그러울 때는 세상일을 다 받아들이다가도, 뒤틀리면 바늘 하나 꽂을 자리 없을 만큼 옹색한 것이 우리네 마음"이라고 했다. 류 박사와 함께 마음공부 한번 제대로 해 보시길 권한다.

凡照 이정신